러시아 문학기행2

도스토옙스키, 죽음의 집에서 살아나다

러시아 문학기행2

도스토옙스키, 죽음의 집에서 살아나다

초판1쇄 인쇄 | 2021년 1월 7일
초판1쇄 발행 | 2021년 1월 11일

지은이 | 이정식
펴낸이 | 박연
펴낸곳 | 한결미디어

등록 | 2006년 7월 24일(제313-2006-000152호)
주소 | 서울시 마포구 모래내로 83 한올빌딩 6층
전화 | 02-704-3331
팩스 | 02-704-3360
이메일 | okpk@hanmail.net

ISBN 979-11-5916-147-6 979-11-5916-136-0(세트) 04810

러시아 문학기행2

도스토옙스키, 죽음의 집에서 살아나다

이정식 글 사진

한겨레미디어

차례

제12부 시베리아 죽음의 집

제13부 카라마조프 형제들의 마을에서

제14부 안나의 수완 덕에 빚에서 해방되다

제15부 도스토옙스키의 최후

부록

제12부

시베리아 죽음의 집

1. 한 순간도 혼자 있을 수 없는 고통

『죽음의 집의 기록』

도스토옙스키의 4대 소설 혹은 5대 소설에 꼽히지는 않지만 도스토옙스키를 이해하기 위해 가장 중요한 작품은 그의 유형 생활의 수기인 『죽음의 집의 기록』이다. 이 책은 도스토옙스키가 시베리아 옴스크 수용소를 나온지 8년 후인 1862년에 출간됐다. 도스토옙스키는 이 작품이 소설로 분류되기를 바랬다고 하는데, 장르상으로는 수기에 해당 된다.

이 『죽음의 집의 기록』을 보면 비로소 『죄와 벌』 『카라마조프 씨네 형제들』 같은 그의 주요 소설의 근원이 어디에 있는지를 짐작할 수 있다.

『죽음의 집의 기록』은 그가 4년간 유형지에서 겪은 생생한 체험을 담은 작품이다. 그러나 책 속에서는 주인공이 자신이 아니고 유형소에서 10년을 생활한 다른 사람인 것처럼 묘사했다. 아내를 죽인 죄로 10년의 시베리아 유형에 처해진 알렉산드르 뻬뜨로비치 고랸치꼬프란 인물이 공책 속에 남긴 유형생활의 기록을 저자가 우연히 발견해 그 내용을 소개하는 것처럼 썼다.

▲ 시베리아 수용소 담장과 같은 형태의 목조 담장

작품 속의 고랸치꼬프는 질투 때문에 아내를 죽이고 자수했으나 제2급 노동 유형수가 되어 10년간 시베리아 유형소에서 형기를 마쳤다. 그리고 시베리아의 K시에서 이주민으로 길지 않은 일생을 보내고 조용히 세상을 떠난 인물로 설정돼 있다.

이 책 『죽음의 집의 기록』에 대해 톨스토이는 도스토옙스키 최고의 걸작이라고 평가하기도 했다. 톨스토이는 후일 여 주인공 카츄샤가 시베리아로 유형을 가는 소설 『부활』을 쓸 때 『죽음의 집의 기록』을 여러 번 읽으며 참고했다고 한다.

인간을 증오하게 되는 강제적 공동생활

도스토옙스키는 범죄자들이 들끓는 유형소에서 큰 충격을 받고 많은 것을 느꼈다. 그 중에서 그에게 가장 끔찍했던 것은 한 순간도 홀로 있을 수 있는 때가 없었다는 것이다. 『죽음의 집의 기록』 속 도스토옙스키의 술회를 들어보자.

"나는 유형살이를 해야 할 10년 동안 결코 한 번도, 결코 1분도 나 혼자 있을 수 없다는 가공스럽고 고통스러운 사실을 조금도 상상할 수가 없었던 것이다. 일터에서는 항상 감시병의 눈길 아래, 옥사에서는 2백여 명의 동료들과 함께 있어서 한 번도, 결코 한 번도, 혼자가 아니었던 것이다. 그렇지만, 나는 오직 이 일에만 길들여져야 하는 것이었을까!"(『죽음의 집의 기록』, 이덕형 옮김, 열린책들, 2010)

▼ 유형수들

도스토옙스키는 4년의 형기를 마치고 1854년 2월 출옥 후 형 미하일에게 보낸 편지에서 이렇게 적었다. 장차 『죽음의 집의 기록』에 나올 이야기의 예고편이라고 할 수 있다.

"5년 동안 나는 인간들이 모여 있는 곳에서 간수의 지배를 받으며 살았습니다. 한 시간도 혼자 있은 적이 없었습니다. 혼자 있다는 것은 마시고 먹는 일처럼 정상적인 생존의 필수 조건입니다. 이렇게 강제적인 공동생활을 하는 가운데 인간을 증오하게 되어 버립니다. 사람들과의 접촉은 독이나 전염병처럼 작용해서 이 4년 동안 무엇보다도 그것을 참는 일이 고통스러웠습니다. 죄가 있는 사람이든 없는 사람이든 내가 만나는 모든 사람들을 증오하고 그들이 태연스럽게 내 목숨을 훔쳐가는 도둑처럼 보일 때도 있었습니다."(『도스또예프스끼 평전』, E.H.카, 김병익·권영빈 옮김, 열린책들, 2011)

▼ 26세 때의 도스토옙스키(1847)

앞에는 5년 뒤에는 4년이라고 적었다. 사실 그가 체포된 것은 1849년 4월이고 재

판을 받고 사형장까지 갔다가 그해 12월 시베리아로 유형을 떠나기까지 8개월은 상트페테르부르크의 페트로파블롭스크 요새 감옥에 있었다. 시베리아 옴스크의 유형소에서 출소한 것은 1854년 2월이므로 그가 갇혀있던 기간을 모두 합치면 거의 5년이다. 그리고 실제 시베리아 유형소에서 지낸 기간은 4년이다. 그래서 5년과 4년을 뒤섞어 쓴 것으로 보인다.

도스토옙스키는 형에게 쓴 편지에서 "한 순간도 혼자 있을 수 없을 때 인간을 증오하게 된다"고 말했다. 현대적 감옥의 죄수들도 24시간 감시 속에 놓여있지만 요즘 감옥의 환경과 19세기 중엽 유형소의 환경은 비교할 수 없을 정도로 다르다. 오늘날 교도소에서 수감생활을 하는 사람들도 그런 생각을 하는지는 알 수 없다. 어쨌든 한 순간도 혼자 있을 수 없다는 것이 얼마나 큰 고통일지는 상상이 가능할 것이다.

2. 인간은 모든 것에 익숙해질 수 있다

시베리아 유형소의 실태

도스토옙스키가 유형생활을 한 시베리아 옴스크의 수용소에서는 250명 정도의 유형수들이 몇 동의 나무 옥사에 나뉘어 공동생활을 했다. 옥사 하나에는 30명이 수용된다. 밤이 되면 밖에서 문을 잠궈 동이 틀 때까지 밖으로 나갈 수 없다. 옥사안에는 화장실이 없다. 대소변을 처리하는 나무통이 있을 뿐이다. 도스토옙스키는 수용소에서 나온 후 형 미하일

▲ 시베리아 수용소의 옥사 (김세광 그림)

에게 보낸 편지에서 얼마나 열악한 수용시설에서 4년간 생활했는가에 대해 다음과 같은 편지를 보냈다.

"오래전에 폐기되어서 이젠 사용할 수 없는 낡고 찌그러진 목조 건물을 상상해 보세요. 여름이면 참을 수 없이 덥고 겨울이면 추워서 견딜 수 없으며 마룻바닥은 온통 썩었는데 그 위에 2센터미터 정도의 먼지가 쌓여서 미끄러져 넘어지게 됩니다. 작은 창문은 서리로 얼어붙어서 책을 읽을 수도 없습니다. 유리창은 2센티가 넘게 얼음이 얼어붙고 천장에는 물이 떨어져 흐릅니다. 우리는 통 속의 청어같이 웅크립니다. 난로에는 여섯 토막의 통나무를 넣지만 열기는 조금도 없고 방안의 얼음도 녹이지 못하고 연기만 자욱해지는데 겨울 내내 이렇게 보내게 됩니다. 이 바라크 속에서 죄수들은 옷가지를 씻는데 좁은 바라크 속이 온통 물바다가 되어 몸 돌릴 곳도 없게 됩니다. 석양이 지면서 새벽이 되기까지는 마음대로 대소변을 보러 나갈 수도 없습니다. 자물쇠로 채워놨기 때문이지요. 큰 통은 복도에 놓여있는데 코를 들 수 없는 악취가 풍깁니다. 죄수들도 돼지처럼 악취를 내고 있는데 〈우리가 살아 있는 이상〉 돼지처럼 행동하지 않을 수가 없다고 말합니다." (『도스또예프스끼 평전』)

이상은 형에게 쓴 편지의 내용 중 일부인데, 『죽음의 집의 기록』에도 비슷한 서술이 있다. 그런데 검열을 의식해서인지 앞서 형에게 보낸 편지에서처럼 리얼하지는 않다. 그러나 도스토옙스키는 여기에서 '인간은 모든 것에 익숙해질 수 있는 존재'라는 유명한 정의를 내린다.

"어둠이 깃들자 우리는 모두 밤새도록 빗장이 걸리는 옥사 안으로 들어갔다. 마당에서 우리의 옥사로 들어오는 일은 내겐 언제나 괴로운 일이었다. 옥사는 유지로 만든 양초가 희미하게 비추고 있고, 숨막힐 듯한 무거운 냄새로 가득 찬, 길고 좁고 후텁지근한 방이었다. 지금 생각해 보면 어떻게 내가 이곳에서 10여 년을 살아왔는지 이해할 수가 없다. 평상 위에 나의 몫이란 세 장의 판자뿐이었다. 그렇지만 이것이 나의 모든 공간이었다. 이 방 안의 평상에만도 30명이 자리를 잡고 있는데, 겨울에는 일찍 빗장을 지르는 까닭에 모두들 잠들 때까지 네 시간이나 기다려야만 했다. 하지만 그전까지는, 웅성거리는 시끄러운 소리와 웃음,

▲ 옥사 안의 죄수들(그림)

욕설, 쇠사슬소리, 악취와 그을음, 삭발한 머리들과 낙인 찍힌 얼굴들, 남루한 의복, 이 모든 것이 욕설과 혹평의 대상이 되곤 했다……. 그렇다 인간은 불멸이다! 인간은 모든 것에 익숙해질 수 있는 존재이며, 나는 이것이 인간에 대한 가장 훌륭한 정의라고 생각한다."

도스토옙스키는 '인간은 모든 것에 익숙해질 수 있는 존재'라는 것을 수용소 생활을 통해 터득했다. 많은 인류가 수천 년 동안 봉건 계급사회 속에서 노예로서의 삶을 살았고, 대부분 자유로운 삶을 사는 현대사회에서도 일부 독재 국가의 국민은 아직도 노예와 같은 삶을 이어가고 있다. 환경의 지배 속에 적응하며 사는 것, 이것이 인간의 모습이다.

도스토옙스키는 시베리아 유형소에서 그같이 엄청난 경험을 했다. 어떤 작가도 해보지 못한 경험이다. 『도스토옙스키 평전』의 저자 E. H. 카는 시베리아 유형 이후의 도스토옙스키에 대해 "그가 (시베리아에서) 쌓은 새로운 경험은 매우 강력한 것이었기 때문에 지난 생활을 다시 시작한다기보다는 새로운 생활을 시작하는 사람의 입장에 있었다"고 말했다.

도스토옙스키의 『죽음의 집의 기록』은 19세기 중엽 제정 러시아 치하 시베리아 유형소의 모습을 상세하게 기술한 최초의 책이었다.

100년 후에 나온 '이반 데니소비치의 하루'

이 책이 나오고 꼭 100년 후인 1962년 소련의 시베리아 강제수용소의 실태를 폭로한 저작이 하나 나왔다. 알렉산드르 솔제니친(1918~2008)에게 노벨상 수상을 가져다 준 『이반 데니소비치의 하루』다. 『이반 데니소비치의 하루』는 소련 강제수용소의 실체를 소설 형식으로 폭로한 작품으로 솔제니친을 단번에 대작가의 반열에 올려놓았다. 『이반 데니소비치의 하루』는 1964년 레닌 문학상 후보작으로 추천을 받았다. 그의 작가로서의 명성은 서구에도 널리 알려지기 시작

▼ 솔제니친

했고, 1970년 노벨문학상 수상자로 결정됐으나 소련 당국의 방해로 수상식에 참석하지 못했다. 노벨상 수상식은 그가 소련에서 추방된 1974년 스톡홀름에서 별도로 진행됐다.

솔제니친은 말할 필요 없이 도스토옙스키 『죽음의 집의 기록』의 독자였다. 『이반 데니소비치의 하루』는 제2의 『죽음의 집의 기록』이라고 할 수 있다.

3. 갇힌 자들이 생각하는 자유

감옥 밖은 광명과 자유, 환상적 이야기 속의 세계

감옥에 갇힌 사람이 무엇보다 절실히 원하는 것은 자유다. 도스토옙스키의 『죽음의 집의 기록』도 자유에 대한 이야기로 시작해 자유에 대한 이야기로 마무리 된다.

책의 본문은 "우리들의 감방은 요새 끝, 장벽 바로 옆에 있었다……"며 요새 안에 있는 유형수 수용소에 대한 설명으로 시작한다. 그러면서 문단의 끝으로 가서는 자유에 대한 이야기를 자연스럽게 끌어낸다. 자유를 빼앗기고 무거운 족쇄를 차고 있는 유형수의 입장에서 보면 그의 상상의 끝은 자유가 아닐 수 없을 것이다. 도스토옙스키는 감옥 안에서는 바깥세상을 마치 환상적 이야기 속의 세계처럼 상상했다고 이렇게 적었다.

▲ 도스토엡스키가 형 미하일과 함께 발행했던 '시대' 잡지(좌)와 '죽음의 집의 기록' (가운데)

"(…) 울타리의 다른 한쪽은 늘상 잠긴 채, 보초들이 밤이고 낮이고 지키고 서 있는 견고한 출입문이 달려있다. 이 문은 일터로 나가기 위해, 요구에 의해서만 열리곤 했다. 이 출입문 너머에는 여느 누구와 다름없는 보통 사람들이 살고 있는 광명과 자유의 세계가 펼쳐져있다. 그러나 울타리의 안쪽에서는 그곳을 마치 환상적 이야기 속의 세계처럼 상상했다."

머리를 반만 면도한 도스토옙스키

수용소에서 도스토옙스키는 어떤 모습이었을까? 머리를 반만 면도한 상태였던 것 같다. 『죽음의 집의 기록』을 보면, '매주 정기적으로 머리를 반만 면도하러 가곤 했다'고 나온다. 물론 이 책의 주인공은 가공의 인물인 고랸치꼬프지만 결국은 도스토옙스키다. 유형수들은 머리를 반만 밀

▲ 머리를 반만 면도한 죄수

곤 했는데 도스토옙스키 역시 예외가 아니었던 모양이다. 머리 면도에 관해 이야기를 하던 끝에 도스토옙스키는 또 자유에 대해 말한다.

"매주 정기적으로 나는 머리를 반만 면도하러 가곤 했다. 매주 토요일이면 안식 시간에 머리를 면도하기 위해 순번대로 감옥의 위병소로 불려갔는데, 그곳에서는 대대에서 나온 이발사들이 찬 비누로 우리의 머리에 비누칠을 한 다음 무딘 면도칼로 사정없이 깎았기 때문에, 지금도 그러한 고문에 대해서는 생각만 해도 소름이 돋는다,

(…)감옥 생활의 바로 그 첫날부터 나는 이미 자유에 관해 꿈꾸기 시작했다. 나의 감옥 생활이 끝나는 날을 수천 가지의 다양한 방법을 적용하여 셈해 보는 것이 어느덧 나의 즐거운 일과가 되었다. 나는 딱히 다른 어떤 것에 관해서 생각을

할 수가 없었다. 일정 기간 자유를 상실한 다른 모든 사람들도 그렇게 행동할 것이라고 확신한다.

(…) 갇힌 자, 자유를 상실한 자들의 희망은 정당한 방법으로 생활하고 있는 사람들의 희망과는 완전히 종류가 다른 것이다."

도스토옙스키는 족쇄를 찬 채 자주 노동을 위해 나갔던 이르티시 강 건너 초원의 유목민 천막 근처에서 피어오르는 연기, 두 마리의 양을 데리고 뭔가 바쁘게 일하고 있는 끼르끼즈 여인을 보면서, "그 정경들은 궁핍하고 투박하긴 해도 자유스러워 보였다"며 자유를 동경한다.

▼ 눈을 치우는 유형수들(석판화)

도스토옙스키는 자유 의사에 의해 일을 하는 것과 강제 노동의 차이에 대해서도 설명하면서, 강제 노동이 힘든 것은 그것이 자신의 의사와 관계없이 몽둥이 아래서 의무적으로 강제적으로 해야 하기 때문이라고 말한다. 실제 바깥세상에서 농부는 유형수들이 하는 노동에 비교할 수 없

을 정도로 많은 일을 하지만, 농부는 자기 자신을 위해 일을 하는 것이므로 강제노동에 시달리는 죄수보다 훨씬 쉽게 일을 하는 것이라고 말한다. 이 책을 마무리 짓기 전 도스토옙스키는 또다시 자유에 대한 이야기를 꺼낸다.

"말을 하는 김에 여기서 잠깐 지적하자면, 공상과 오랜 얽매임의 결과 때문에 감옥에 있는 우리들에게 자유는 현실의 자유, 즉 실제로 현실에서 누리는 자유보다도 왠지 더 자유롭게 느껴졌다. 죄수들은 현실적인 자유의 개념을 과장하였지만, 이것은 모든 죄수에게 너무나 자연스럽고도 본질적인 것이었다. 어떤 다 헐어빠진 옷을 입은 병사라도 죄수들에게 비하면 우리에게는 거의 왕처럼 자유로운 인간처럼 보이게 마련이었다. 그것은 바로 그가 머리도 깎이지 않고 족쇄도 감시병도 없이 다니기 때문이었다."

유형수들의 목적은 자유와 해방

도스토옙스키는 『죽음의 집의 기록』에서 자유에 대해 어떤 정의를 내리지는 않았다. 그는 책 속에서 "사람은 어떠한 목적과 목적을 향한 지향 없이는 살아갈 수 없다"면서 "목적과 희망을 잃은 사람은 슬픔으로 인해, 악인으로 변해 버린다"고 했다. 그러면서, "우리 모두에게 목적은 바로 자유이고 감옥으로부터의 해방이었다"며 유형수들은 자유와 해방에 대한 목적이 있었기 때문에 수용소 속에서 살아갈 수 있었다고 진술했다.

『죽음의 집의 기록』은 한글번역으로 457쪽에 이르는 적지 않은 분량이다. 유형소에서의 온갖 이야기를 담고 있다. 그러나 결국 이 책은 죄와 벌과 갇힌 자들이 생각하는 자유에 대한 이야기다.

자유는 인간의 삶의 궁극적 목표다. 우리는 자유롭다고 생각하지만 실제로 자유롭지 못하면서도 그렇게 착각하는 경우가 많다. 부자유 속에 살면서도 자유롭다고 생각하면 행복할 수 있다. 그러나 어느 순간 그것이 착각이었음을 알게 된다. 진정한 자유는 몸과 마음이 모든 속박의 굴레에서 벗어나는 것이다. 그렇다고 사회적 규범을 벗어나 멋대로 사는 것이 자유는 아니다. 방종도 물론 자유가 아니다. 자유는 마음의 평화를 지키고 자신의 의지대로 살 수 있는 상태, 즉 스스로 인생을 이끌어가는 주체가 되는 상태가 아닐까 생각한다.

4. 돈은 주조된 자유

도스토옙스키가 『죽음의 집의 기록』에서 또 하나 확실하게 정의를 내린 것이 있다면 돈에 관한 것이다. 그는 이 책속에서 '돈은 주조된 자유'라고 설파했다. 그때나 지금이나 이 말은 진리에 가깝다. 사람이 돈 없이 자유로울 수 있는가?

도스토옙스키는 시베리아 수용소에서 돈의 의미에 대해 확실히 깨달았다. 그가 수용소에 들어갈 때 많은 돈을 가지고 들어간 것은 아니지만, 들어가자마자 돈을 빌려달라는 사람들이 나타났다. 심지어는 다섯 번이

▲ 족쇄를 찬 채 차를 마시고 있는 죄수

나 돈을 빌리러 온 죄수가 있었지만 화를 낼 수가 없었다. 그들의 거짓말과 교활함에 속아 넘어간 것이지만 수용소 안의 실정을 알 수 없었으므로 거절할 수가 없었다. 기존의 죄수들과 어떤 관계를 맺으며 살아가야 할지 몰랐기 때문이다.

도스토옙스키는 수용소 입소 초기, 자신이 완전히 암흑 속에 있다고 생각했다. 그뒤 수용소 생활에 익숙해지면서 그는 감옥 안의 죄수들이 꼬빼이까 동전 하나라도 더 벌려고 열심히 일을 하며 애쓴다는 것을 알게 됐다. 특히 겨울밤은 길었으므로 죄수들은 잠겨진 옥사 안에서 잠들 때까지 작은 촛불을 켜놓고 각자의 손재주로 돈을 벌 수 있는 일들을 했다.

도스토옙스키는 "많은 사람들은 아무 것도 모른 채 감옥에 오게 되지만, 다른 사람들에게 배워서 뒤에는 훌륭한 장인이 되어 세상에 나가곤 했는데, 여기엔 장화공, 단화공, 재봉사, 목수, 열쇠공, 재단공, 도금사 등이 있었다"고 했다. 그러면서 그 유명한 '돈은 주조된 자유'라는 대목이 『죽음의 집의 기록』 속에 이렇게 등장한다.

▲ 도스토옙스키(석판화)

"작업의 주문은 도시에서 얻어왔다. 돈은 주조된 자유였으며, 그래서 자유를 완전히 박탈당한 사람들에게 돈은 열배나 더 귀중한 것이었다. 만일 돈이 주머니 속에서 짤랑짤랑 소리를 내기만 해도, 비록 그것을 쓸 수는 없지만, 벌써 반 이상이나 위로를 받게 되는 것이다. 그러나 돈은 언제 어디서나 쓸 수 있었으며 더욱이 금단의 열매는 두 배나 달콤한 법이었다. 감옥에서도 술을 구할 수 있었으니까 말이다. 파이프 담배도 아주 엄격하게 금지되어 있었지만 모두들 그것을 피우고 있었다. 돈과 담배는 괴혈병과 그 밖의 다른 질병으로부터 죄수들을 구해 주었다. 일도 그들을 범죄로부터 구해주었다. 일이 없었다면, 죄수들은 유리병 속의 거미처럼 서로가 서로를 잡아먹었을지도 모른다."

그러나 죄수들은 돈을 저축할 수 없었다. 수용소를 지키는 간수들은 죄수들이 자잘한 돈벌이 하는 것을 묵인해 주긴 했지만 어느날 갑자기 수색을 벌여 돈이며 모든 것을 압수했기 때문이다. 그래서 죄수들은 가진 돈으로 곧바로 술을 마셔버리곤 했다. 수용소 안에서 술은 비밀리에 유통되었다. 그 안에는 술을 파는 죄수도 있고, 고리대금업자도 있었다.

대부분의 죄수들은 수용소에서 주는 급식(수많은 바퀴벌레가 들어있는 수프와 빵)을 먹었지만, 돈 있는 죄수들은 사식을 먹을 수 있었고 쇠고기도 구할 수 있었다.

현대의 교도소에서는 영치금으로 음식을 사 먹을 수 있다. 그렇지만 그 음식은 식사 외의 과일, 빵, 통닭 등 간식이다. 돈 있는 사람이 들어오면 같은 감방의 사람들은 종종 풍족한 간식을 함께 먹곤 한다.

19세기 시베리아의 수용소에서는 그런 체계는 없었지만, 돈이 있으면 요령껏 음식문제를 해결할 수 있었던 것 같다. 돈이 있으면 법률과 규율을 어겨도 못 본 체해 줄 수 있는 간수나 호송병, 하사관 등을 매수할 수도 있었다. 도스토옙스키는 감옥에서의 돈의 의미에 대해 이렇게 말했다.

"돈은 감옥에서 가공스러운 의미와 힘을 가지고 있다. 단호히 말할 수 있는데, 감옥에서는 돈을 조금이라도 가진 죄수가 돈이 하나도 없는 죄수보다 열 배나 고통을 덜 받는다. 돈을 가지고 있지 않아도 관리들처럼 모두 관급품을 받는데 무슨 돈이 필요하냐고 말할 수도 있지만 말이다. 다시 한번 말하지만, 만일 죄수들이 자기 돈을 가지고 있을 모든 가능성을 박탈 당한다면 그들은 미쳐버리거나 혹은 파리처럼 죽어 버릴 수도 있으며 (모든 것이 배급됨에도 불구하고 말이다), 혹은 들어 보지도 못한 나쁜 짓에 마침내는 빠져 버릴 수도 있을 것이다."

도스토옙스키는 "죄수들은 경련을 일으키고 이성이 흐려질 만큼 돈을 갈망하고 있다"고 했다. 돈을 가지고 있음으로써 받는 위로가 그만큼 크다는 얘기다. 유형 생활 중 그같은 관찰의 결과가 '돈은 주조된 자유'라는 명구(名句)로 나타난 것이다.

5. 유형소에서 찾아낸 소설의 주인공들

관찰

도스토옙스키는 수용소에서 장차 소설의 소재가 될 여러 가지 유형의 범죄자들을 세심하게 관찰했다. 수용소에는 부친살해범, 아내살해범, 아동살해범, 상관살해범, 살인강도, 위폐제조범, 주류밀매업자 등 각종 중범죄자들이 가득했다. 죄수들 가운데서는 수용소 안에서 벌어진 일들을 감독장교에게 일러바치고 혜택을 받는 밀정도 있었다.

죄수들 중 자기가 살던 동네에서는 공포의 대상이었던 불량배도 수용소에 들어오면 얌전해졌다. 온갖 살인범 등 흉악범들이 들어찬 곳에서 눈치를 볼 수 밖에 없었을 것이다.

도스토옙스키는 수용소를 '죽음의 집'이라고 불렀다. 범죄자들을 관찰하면서 죄수들 가운데는 두 가지 유형이 있다는 사실을 알게 되었다.

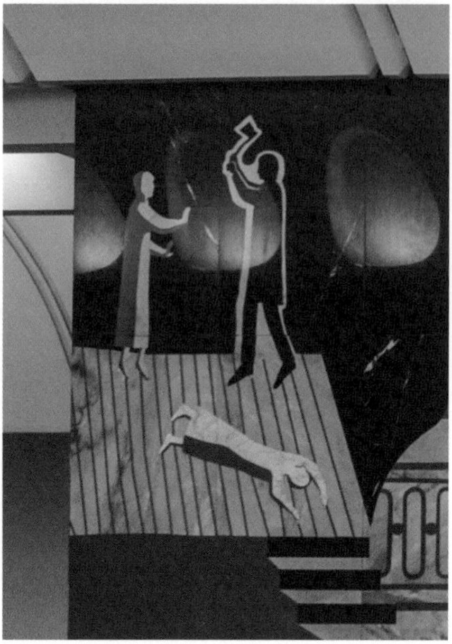

▲『죄와 벌』 벽화의 일부(모스크바 도스토옙스키 지하철역)

그는 『죽음의 집의 기록』에서 죄수들의 모습을 이렇게 분석했다.

"때때로 황혼 무렵, 일터에서 돌아와 감옥에서 취사장으로 다시 취사장에서 감옥으로 천천히 감옥 마당의 광장을 따라 어슬렁거리고 있는 죄수들을 감옥의 계단에서 바라보면서, <죽음의 집이다!>라고 나는 스스로에게 말하곤 했다. 그들을 바라보면서 나는 그들의 얼굴과 움직임을 통해 그들이 어떤 사람들이고, 어떤 성격을 가지고 있는지 알아보려고 애썼다. 그들은 내 앞에서 이맛살을 찌푸리거나 아니면 무척 쾌활한 듯이 거닐었으며(이 두가지 유형이 제일 자주 마주치는 부류이며, 거의 감옥의 특징이었다), 욕을 하거나 단순히 대화를 나누거나 아니면 생각에 잠긴 듯 혼자 조용하게 거닐곤 했는데, 어떤 사람들은 피곤하고 권태로운 모습으로, 또 어떤 사람들은(이곳에서도 말이다!) 우월감에 찬 거만한 모습으로 모자를 비스듬히 쓰고 양털 외투를 걸친 채 뻔뻔스럽고 교활한 시선에 철면피 같은 조소를 지으며 거닐고 있었다. (…) 나는 생각했다. 그들과 더불어 좋든 싫든 내가 함께 살아야 하는 것이다……."

체형

몸이 아파 병원에 입원해 있을 때도 도스토옙스키는 죄수들의 움직임을 끊임없이 살폈다. 그는 생소한 것들을 상세히 탐색하려 했으며 다른 죄수들의 대화에도 귀를 기울이고 때로는 질문도 했다. 또 체형을 받으러 가는 죄수들의 심리 상태를 상상해 보려고 노력하기도 했다. 체형은 일반적으로 5백대, 1천대 혹은 1천 5백대는 한 번에 맞게 되지만 2천이나 3천대가 되면 두 번 또는 세 번으로 나누어 맞게 된다. 1천대 2천대라니 현재의 우리 상식으로는 도무지 이해가 잘 안간다.

제정러시아에서는 반역죄나 황족에 대한 살인 또는 살인미수 때는 사형죄를 적용하지만 일반 살인은 살인죄를 적용하지 않고 전부 시베리아로 유형을 보냈다. 그러나 태형은 그대로 시행됐기 때문에 태형에 의해 죄수들이 목숨을 잃는 수가 많았다.

태형은 죄수를 알몸으로 또는 상의를 벗긴 채 몽둥이를 들고 두 줄로 서 있는 병사들 대열 사이를 지나가도록 해 등짝에 몽둥이 세례를 받게 하는 것이다. 그리고 등의 상처를 치료하기 위해 병원으로 간다. 한번에 다 맞지 못했을 경우, 등의 상처가 나으면 나머지 매를 마저 맞아야 한다.

톨스토이의 단편 『무도회가 끝난 뒤』에도 군부대 내에서의 이러한 태형 장면이 잘 묘사되어 있다. 도스토옙스키가 수용소에서 만난 범죄자들은 후일 그의 소설의 주인공이 되기도 했다.

『죄와 벌』의 주인공의 원형

도스토옙스키의 『죄와 벌』도 수용소에 있을 때 구상한 것으로 알려져 있다. 전당포 노파 자매를 죽인 『죄와 벌』의 주인공 라스콜리니코프의 원형은 『죽음의 집의 기록』에 등장하는 오를로프라는 살인범이었다고 한다. 하지만 정작 『죄와 벌』의 라스콜리니코프와 『죽음의 집의 기록』의 오를로프는 스타일이 많이 다르다. 이 소설 역시 여러 번 고쳐 썼으므로 당초의 구상이 달라졌을 수 있다.

아무튼 오를로프를 병원에서 처음 본 후 도스토옙스키는 그의 당당한 태도에서 매우 깊은 인상을 받았다. 그는 숱한 살인을 자인하고 몽둥이 찜질을 받는 태형을 절반쯤 받은 후 거의 실신한 상태로 저녁 무렵에

▼ '죄와 벌'의 삽화, 라스콜리니코프와 소냐가 유형지 강변에서 만나는 장면

병원에 실려 들어왔다. 그런데 그 다음날 그가 완전히 정신을 차리고, 두어 번 정도 병실을 거니는 것을 보고 도스토옙스키는 매우 놀랐다. 그를 강철 같은 성격의 소유자로 보았다.

오를로프를 일주일 내내 관찰했는데, 그는 자기 자신을 무제한으로 통제할 수 있었고, 어떤 종류의 고통과 형벌도 무시했으며, 이 세상에서 두려워하는 것이 없는 것처럼 보였다. 도스토옙스키는 이는 육에 대한 영의 완전히 승리라고까지 감탄했다. 오를로프는 빨리 나머지 태형을 받고 옴스크에서 네르친스크 수용소로 이동하는 도중 도주할 생각을 갖고 있었다.

그러나 그의 뜻대로 되지 않았다. 오를로프는 퇴원 이틀 후 두 번째 태형을 받았다. 그런데 그는 나머지 절반의 매를 견디지 못하고 병원으로 실려와 처음 누웠던 침대에서 죽고 말았다. 도스토옙스키가 감탄한 인물치고는 허무한 결말이다.

『카라마조프 씨네 형제들』의 주인공

그리고 토볼스크 귀족 출신의 부친살해범 일린스키 소위가 도스토옙스키의 『카라마조프 씨네 형제들』의 주인공 장남 드미트리의 모델이었다는 것은 『러시아 문학기행1, 도스토옙스키 두 번 죽다』에서 이야기한 바 있다. 이 소설의 초고에는 장남 드미트리의 이름이 일린스키였다고 한다. 일린스키는 억울한 유형살이를 했다. 10년의 형기를 마치고 그가 출소한 후 진범이 잡혔다는 것이다. 그는 수용소에서 비교적 즐거운 심적 상

▲ 영화 '카라마조프 형제들'의 한 장면.
좌로부터 장남 드미트리(율 브리너), 서자 스메르쟈코프(앨버트 샐미), 삼남 알료샤(윌리엄 섀트너)

태에 있었다고 했다. 도스토옙스키가 관찰한 죄수들의 두 가지 유형 중 후자 즉 쾌활한 태도의 인물이었던 것 같다.

또 이 책의 후반에 나오는 '아꿀까의 남편 - 한 편의 이야기'의 주인공은 바로 질투로 아내를 죽인 죄로 10년간 유형생활을 한 인물이다. 그가 『죽음의 집의 기록』의 가상의 주인공 고랸치꼬프인 것이다. 이렇듯 도스토옙스키의 시베리아 유형소에서의 경험은 그 후 그의 작품에 많은 영향을 미쳤다.

수용소에서는 성경책 외에는 아무 것도 읽을 수 없었고, 기록을 할 수 없는 것은 물론 편지도 쓸 수 없었다. 그런 상황 속에서 도스토옙스키가 수용소와 죄수들에 대한 적지 않은 분량의 『죽음의 집의 기록』을 쓸 수 있었던 것은 그가 얼마나 세심하게 수용소에서의 일들을 관찰하고 머리 속에 새겨 놓았는지를 잘 알 수 있게 한다. 그는 수용소에서는 아무 것도 쓸 수 없었지만, 병원에서 메모를 남긴 것이 있는데 그 중 일부가 옴스크 도스토옙스키 박물관에 전시되어 있다.

6. 나는 살고 싶다. 노동이 나를 구할 수 있다

되풀이되는 이야기지만, 도스토옙스키는 정치범으로 사형장까지 갔다가 처형 직전 황제의 감형조치로 극적으로 목숨을 건졌다. 그러나 그를 기다리고 있는 것은 4년의 시베리아 유형, 사병으로의 4년 군복무였다.

하지만 목숨을 건진 도스토옙스키는 살아있음에 감사했고 '생은 선물이요 은총'이라고 생각하며 삶에 대한 새로운 각오를 다진다. 도스토옙스키는 참혹한 환경의 수용소에서도 출소 후 그가 하고자 하는 일을 위해서는 신체의 건강이 무엇보다 중요하다고 생각하여 힘든 노동에도 정을 붙이려고 노력했다. 그는 『죽음의 집의 기록』에서 이렇게 술회했다.

나는 살고 싶다. 나는 살아야 한다.

"나는 노동이 나를 구할 수 있으며, 나의 건강과 육체를 튼튼하게 해 줄 수 있다는 것을 느끼고 있었다. 계속되는 정신적인 불안과 신경성의 초조함, 그리고 감옥의 숨막히는 공기가 나를 완전히 황폐하게 만들 수도 있었기 때문이다.

〈자주 바람을 쏘이고, 매일 피곤하게 하며, 무거운 짐을 운반하는 것을 배우는 일〉, 바로 이러한 것들이 최소한 내 자신을 구할 수 있다고 나는 생각했다. 〈몸을 단련하여 건강하고 활기에 넘치며 힘센 젊은이가 되어 세상에 나가리라〉라고 말이다.

나는 틀리지 않았다. 일과 운동은 내게 무척이나 유익한 것이었다. 나는 나의 동료들 중의 한 명이(귀족출신이다) 감옥에서 마치 촛불처럼 소진해 가는 것을 두려움 가득한 시선으로 바라보고 있었다. 그가 나와 함께 감옥에 들어올 때만 해도, 아직은 젊고 아름다우며 활력 있는 사람이었지만 출옥을 할 때는 이미 반쯤이나 황폐해져 백발이 성성하고 잘 서 있을 수도 없을 정도에 천식까지 걸린 사람으로 변해 있었다.

나는 그를 바라보며 생각했다. 〈아니다, 나는 살고 싶다. 나는 살아야 한다.〉 처음부터 일에 정을 붙이려 했던 것 때문에 나는 죄수들로부

▼ '아무도 기다리지 않았다' 1884년 일리야 레핀 작, 시베리아 유형수의 갑작스런 귀가에 놀라는 가족의 모습을 그렸다.

터 따가운 눈총을 받아야 했으며, 그들은 오랫동안 경멸과 조소를 통해 나를 괴롭히곤 했다. 그러나 나는 어느 누구고 개의치 않고, 내 생각대로 갈 곳이면 가곤 했다."

귀족 출신 죄수에 대한 일반 죄수들의 증오와 멸시

처음에 그가 노동을 나가서 일을 도우려고 하면 기존의 죄수들은 귀족출신 도스토옙스키에게 일에 방해가 된다며 고함을 치며 그를 몰아내곤 했다. 그래서 혼자 멀거니 떨어져 있을 수 밖에 없는 때도 있었다. 모든 사람이 일을 하는데 따로 서 있는 것은 무안한 일이었다. 죄수들은 도스토옙스키를 보며 "왜 저런 일꾼을 주는 건지, (…) 아무 것도 할 수가 없잖아" 하면서 예전의 귀족 앞에서 거드름을 피우며 즐거워하기도 했다. 대부분 농노 출신인 죄수들은 귀족출신 죄수가 자기들처럼 일을 하고 싶어한다는 것 때문에 도스토옙스키를 증오하고 멸시하려 들었다. 처음 얼마간은 참으로 견디기 힘들었다. 그러나 도스토옙스키는 그들의 위협과 증오를 두려워하지 않고 모른체 하기로 마음 먹었다.

후일 출옥 후 도스토옙스키는 형 미하일에게 보낸 편지에서, "귀족에 대한 그들(일반 죄수들)의 증오는 말로 표현할 수 없었으며, 우리들의 고통을 즐겁게 보고 있었고, 기회만 있다면 우리들을 산 채로 잡아먹으려 들었을 것"이라고 썼다.

귀족 출신이라도 다른 죄수들과 잘 사귀는 사람이 있었지만, 도스토옙스키는 성격적으로 동료 죄수들과의 교제를 두려워했다는 기록도 있다.

▲ 도스토옙스키를 시베리아로 유형 보낸 니콜라이 1세 기마상과 이삭 성당(상트페테르부르크)

노역은 겨울보다 여름이 힘들었다고 도스토옙스키는 말한다. 여름은 낮이 길고 습지에 모기들이 들끓어 일을 하기 힘들게 만들기 때문이다. 노역은 건축에 관계되는 일이 많았다. 도스토옙스키는 벽돌을 나르는 일을 하기도 했는데 운반할 때 쓰는 새끼줄 때문에 어깨가 계속 벗겨졌지만, 그는 체력이 좋아진다고 생각하여 그 일을 마음에 들어 했다. 그는 출옥 후에도 오래 살고 싶었다고 『죽음의 집의 기록』에 적었다.

출옥 후에도 오래 살고 싶다

"처음에 나는 한 개당 8푼뜨(*1푼뜨는 0.4kg, 8푼뜨는 3.2kg)의 무게가 나가는 벽돌을 여덟 개(*3.2kg x 8 =25.6 kg)씩 지고 운반했다. 나중에는 12개(38.4kg)까지 운반할 수 있었고, 열다섯 개(48kg)까지도 운반할 수 있게 되었는데 이것이 나는 무척이나 기뻤던 것이다. 감옥에서는 갖가지 물질적인 불편이 수반되는 저주스러운 생활을 견뎌내기 위해서 육체적인 힘이 정신적인 힘에 못지 않게 필요한 것이다. 더구나 나는 출옥 후에도 오래 살고 싶었다……."

당시 도스토옙스키는 10푼뜨 즉 4kg 가량 되는 족쇄를 차고 있었으므로 족쇄의 무게까지 더하면 50kg이 넘는 엄청난 무게의 짐을 운반할 수 있을 정도로 체력이 좋아졌다고 할 수 있다.

출옥 이후를 생각하며 체력을 키우기 위해 갖은 노력을 기울인 도스토옙스키의 의지가 얼마나 강력한 것이었는지를 알 수 있는 대목이다. 50kg이 넘는 짐을 운반한다는 것은 아주 숙련된 짐꾼이 아니면 할 수 없는 일이다. 그만큼 강인한 체력의 소유자가 되어 있었던 것이다.

만약에 도스토옙스키에게 사형장에서의 충격적 사건이 없이 처음부터 시베리아 행이 정해졌더라면 그도 수용소에서 시들어 버렸을지 모른다. 그러나 그는 사형장에서 새로 받은 생명을 선물이요 은총이라고 생각하고 어둡고 비참한 수용소에서도 삶의 의지를 굽히지 않았다. 그리고 건강한 육체의 소유자가 되어 출소할 수 있었다.

7. 족쇄가 떨어졌다. 죽음으로부터의 부활

인정많은 시베리아 사람들

황량한 시베리아였지만, 사람들은 인정이 있었다. 도스토옙스키가 수용소에 있을 때 수용소에는 도시의 서민들이 보내오는 각종 빵 등 의연품이 그치지 않았다. 빵 등은 죄수들에게 고루 배분되어 배고픔을 달래주었다. 도스토옙스키는 상류계급은 이런 일들(서민들이 수용소에 의연품을 보내는 것)을 잘 모를 것이라고 했다.

▼ 도스토옙스키에게 호의를 베풀었던 옴스크 요새 사령관 그라베 대령

도스토옙스키는 죽음의 집의 기록에서 '(수용소에서의) 음식은 충분하다고 생각한다'는 기록을 남겼다. 제정러시아 때의 수용소가 소련 시절의 수용소보다 나았다는 이야기의 근거에 이것도 들어가 있지 않을까 한다. 솔제니친의 『이반 데니소비치의 하루』 등을 보면 소련 시대의 죄수들은 식사가 늘 부족한 상태여서 영양실조에 시달렸다.

도스토옙스키의 수용소 시

절, 부활절과 성탄절 무렵에는 희사품들이 쏟아져 들어왔다. 흰빵, 흑빵, 튀김 과자, 팬케이크, 유제품 과자 등이 산더미처럼 쌓였다. 도시 전체의 상인과 소시민 등 모든 이들이 자기 집에서 만든 빵을 수용소에 갇혀있는 불행한 사람들을 위로하기 위해 보내는 것 같았다. 도스토옙스키는 도시의 거의 모든 가정이 보내는 것 같다고 했다. 가난한 사람이라도 마지막 남은 한 푼을 털어 더 가난한 사람에게 보내는 선물이었다고 술회했다.

여기서 옴스크 요새 사령관 A. 드 그라베(1793~1864) 대령에 대해서도 한마디 안할 수 없다. 그는 매우 관대한 인물이었다. 죄수들에게도 언제나 자상한 태도로 대했다고 한다. 그는 특히 도스토옙스키에 대해 각별한 관심을 보였다. 그는 상트페테르부르크 중앙정부에 도스토옙스키의 형기를 줄여주고 족쇄를 풀어줄 것을 건의하는 보고서를 보낸 일이 있다. 1852년 2월 20일자로 된 그 보고서가 내가 2017년 10월 옴스크 도스토옙스키 박물관에 갔을 때 그곳에 전시되어 있었다. 옴스크 도스토옙스키 박물관은 그라베 사령관의 관사를 개조해 만든 것이다.

옛 공병학교 동창들 덕을 보다

도스토옙스키가 수용소 생활을 마칠 무렵에는 상황이 많이 변했다. 옴스크에 근무하는 군인들 중에 아는 사람과 옛날의 공병학교 동창들이 있다는 것을 알게 됐다. 그들과의 관계를 되살리면서 그들 덕에 돈도 더

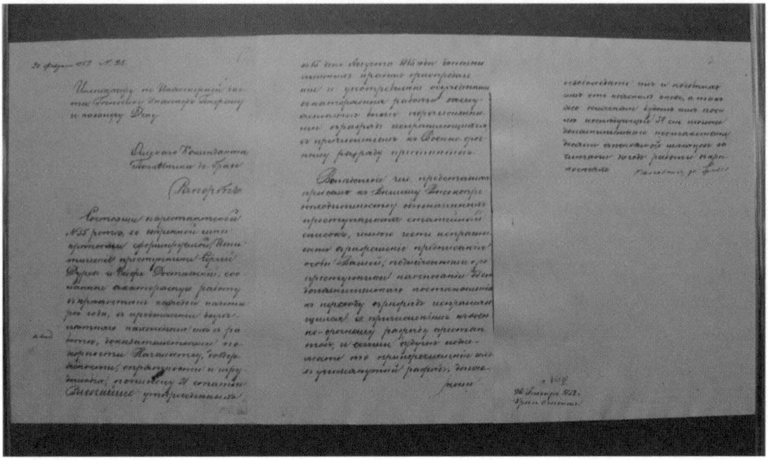

▲ 1852년 2월 20일 자로 쓰여진 도스토옙스키의 형기 축소와 족쇄제거를 요청하는 그라베 사령관의 보고서

가질 수 있었고, 가족들에게 편지도 쓸 수 있었다. 수용소에서는 성경책 외에 다른 책은 읽을 수 없었으나 책도 구할 수 있었다. 오랫동안 읽지 못했던 책을 처음 대했을 때 도스토옙스키는 "그 이상스럽고 동시에 마음 설레게 했던 느낌을 표현하기란 쉬운 일이 아니었다"고 했다. 출소의 그날이 다가오고 있었다. 그날을 기다리던 심정을 그는 이렇게 표현했다.

"나는 겨울에 감옥으로 들어갔으므로, 겨울에 들어온 것과 같은 달, 같은 날에 자유롭게 될 수 있었다. 내가 얼마나 초조하게 겨울을 기다렸으며, 여름이 끝나고 나무에서 잎들이 시들어가고, 초원에서 풀들이 없어지는 것을 얼마나 황홀하게 바라보았는지 모른다. 그러나 이미 여름이 지나가고 가을 바람이 불기 시작했다. 그리고 첫눈이 날리기 시작했다……. 마침내 오래도록 기다리던 그 겨울이

온 것이다! 이따금 나의 가슴은 자유에 대한 커다란 예감 때문에 깊고 강하게 두근거리기 시작했다."

그리고 출소 전날의 소회다.

"출감을 하루 앞둔 날 저녁, 황혼이 깃들 무렵 나는 마지막으로 철책(*실제는 목책)을 따라 우리 감옥 전체를 돌아보았다. 이 몇 년 동안 나는 몇 천 번 이상을 이 철책들을 따라 돌았던가! (…) 마음 속으로 나는 거무스름한 우리 옥사 통나무 건물들에 작별을 고했다. 감옥 생활을 시작하던 그 때 이것들은 얼마나 불쾌한 인상으로 나를 절망시켰는지 모른다. (…) 그리고 이 벽 속에 얼마나 많은 젊음이 헛되이 매장되었으며, 여기서 얼마나 위대한 힘들이 덧없이 파멸해 버렸는가!"

출소, 기다리고 있는 강제 군복무

수용소를 나오던 날, 도스토옙스키는 옥사 전체를 다니며 죄수들과 작별인사를 했다. 그리고 죄수들이 작업장으로 출발한 뒤 10분쯤 지나 다시는 감옥에 되돌아오지 않을 것을 맹세하면서 감옥에서 나왔다. 감옥에 함께 들어갔던 동료도 같이 나왔다. 페트라셰프스키 사건에 함께 연류돼 수용소 생활을 같이했던 두로프를 말하는 것 같다. 도스토옙스키와 달리 수용소에서 다른 죄수들과 처음부터 잘 지냈다는 사람이 두로프다.

감옥에서 나온 그들은 족쇄를 풀기 위해 곧장 대장장이에게 가야 했다. 대장장이는 도스토옙스키를 돌려세우더니, 뒤에서 그의 발을 들어 올리고는 족쇄를 부쉈다. 『죽음의 집의 기록』은 이렇게 마무리 된다.

"족쇄가 떨어졌다. 나는 그것을 들어 올렸다……. 나는 그것을 손으로 들어올려 마지막으로 한번 보고 싶었다. 지금까지 그것들이 내 발에 있었다는 것이 새삼스레 놀라웠다. (…) 그렇다, 하느님의 은총과 함께! 자유, 새로운 생활, 죽음으로부터의 부활…… 이 얼마나 영광스러운 순간인가!"

도스토옙스키는 4년전인 1850년 1월 23일 옴스크에 도착했다. 형기가 4년이었으므로 1854년 같은 날 출소해야 하지만 2월 15일에 나왔다. 그러

▼ 도스토옙스키가 찼던 것과 같은 막대형 족쇄(옴스크 도스토옙스키 박물관)

나 책에는 같은 날 자유롭게 됐다고 썼다.

그는 출소 후, 오랫동안 수용소의 죄수들을 연민을 가지고 보살펴 온 어느 고마운 사람의 집에서 얼마간 지내다가 3월 2일 옴스크에서 동남쪽으로 700km 가량 떨어진 세미팔라틴스크(현재는 카자흐스탄의 세메이)에 주둔 중인 시베리아 제7 보병대대에 사병으로 배치된다. 4년의 유형에 이어 4년의 강제 군복무가 기다리고 있었던 것이다.

그는 군 생활에 대해서는 별로 기록을 남긴 것이 없다. 그는 군 생활 시작 후 그해 가을부터 유부녀 마리야에게 빠져 1857년 2월 우여곡절 끝에 결혼식을 올릴 때까지 모든 정신을 거기에 집중했으므로 마리야와 관련한 편지 등 자료들은 많이 남아 있다.

[작가노트1]

외바퀴 수레에 묶인 죄인들 - 현실 세계의 천당과 지옥

『러시아 문학기행1』 제3부에서 옴스크 도스토옙스키 박물관 지하 특별 전시실을 설명하면서 "외바퀴 손수레에 손목이 사슬로 이어져 낮이나 밤이나 손수레와 같이 살아야 하는 형벌을 받고 있는 죄수의 사진 등이 있었다"는 이야기를 했는데 이에 대해 언뜻 이해 못하신 분들이 많을 것이다.

필자도 처음에 제정 러시아의 유형소와 관련된 책에서 '유형지에서 가장 가혹한 처벌은 외바퀴 수레에 묶이는 것'이라는 내용을 읽었을 때는

▼ 외바퀴 수레에 묶여있는 죄인(사할린 체호프 박물관)

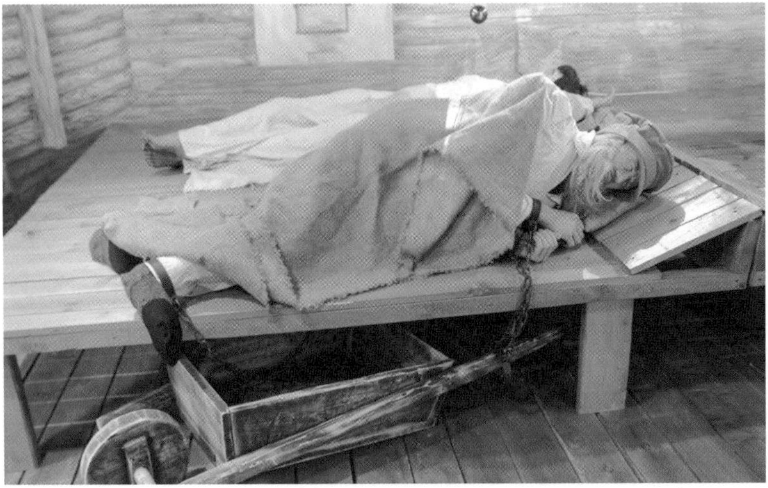

그게 무슨 이야기인지 잘 이해를 못했다. 2017년 여름과 가을, 사할린 체호프 박물관과 옴스크 도스토옙스키 박물관을 방문해 전시된 외바퀴 수레와 사진 등을 본 후에야 비로소 상황을 파악할 수 있었다.

사할린 체호프 박물관에는 수용소에서 거적을 쓰고 자고 있는 실물 크기의 죄수 인형 손목에 외바퀴 수레(당시에 쓰던 것이 아니라 복제품)가 묶여있는 디오라마(diorama : 박물관의 입체모형)가 있었다. 옴스크 도스토옙스키 박물관 지하전시실의 사진은 외바퀴 수레에 사슬로 손목이 묶인 채 일을 하고 있는 죄수의 사진이다.

그같은 외바퀴 수레는 지금도 작은 정원이나 농장 등에서 가끔 볼 수 있다. 옛 것은 요즘의 것보다 더 투박했을 것이다.

외바퀴 수레에 묶이는 형벌에 대해서는 사할린의 유형소를 방문했던 안톤 체호프의 기록이 정확할 것 같다. 체호프는 그의 책 『사할린 섬』(1895)에서 다음과 같이 기록했다.

체호프의 기록

"그들은 손과 발에 쇠고랑을 차고 있으며 손에 찬 쇠고랑 가운데 2~3m 가까이 되는 긴 사슬이 달려 있어 이 사슬이 외바퀴 수레 아래쪽에 묶여 있다. 사슬과 수레에 묶여 있어서 죄수는 가능한 한 적게 움직이려고 한다.

이것은 의심할 여지없이 그의 근육에 영향을 미친다. 팔은 심지어는 아주 작은 동작에도 고통을 느끼게 되면서 익숙해진다. 나중에 수레와 쇠고랑에서 풀려난 뒤에도 오랫동안 팔이 부자연스럽게 된다. 예를 들어 찻잔을 들 때에도 불필요한 강하고 격렬한 동작을 하게 된다. 마치 차가 돌발성 경련에라도 걸린 것처럼 튀고 쏟아진다. 야간 취침 시 죄수는 수레를 침상 아래에 두고 자는데 보다 그것을 편하게 하고 가볍게 만들기 위하여 그는 공동 침상 끝에 자리를 잡는다.
(『안톤 체호프 사할린 섬』 247~248쪽, 배대화 옮김, 동북아역사재단, 2013)

안톤 체호프는 의사였기 때문에 표현에 그의 직업적 전문성이 느껴진다. 현대 사회에서는 상상할 수 없는 그같은 가혹한 형벌이 러시아에서 불과 백여년 전까지 행해졌던 것이다. 소수를 제외하고 수레에 묶이는 형벌을 받고 있는 죄인들은 대개 살인죄 등 중죄인이었다고 체호프는 기록했다.

체호프는 책에, 사할린 유형소의 외바퀴 수레에 묶인 죄수들은 노동을 하지 않는다고 적었는데, 옴스크 도스토옙스키 박물관 사진에는 수레에 묶인 죄수의 수레 위에 돌 같은 것이 들어있어 일을 하고 있는 것처럼 보였다.

▼ 안톤 체호프

옴스크 도스토옙스키 박물관에서 본 사진 중에는 얼굴에 낙인이 찍힌 사진과 수레에 묶여있는 죄수의 사진이 가장 충격적이었다.

시베리아 유형소에서의 체험을 쓴 도스토옙스키의 『죽음의 집의 기록』 또는 안톤 체호프의 『사할린 섬』을 읽거나, 옴스크나 사할린의 그같은 박물관 등에 가 보면 천당과 지옥은 다른 곳에 있는 것이 아니라 바로 현실 세계에 있다는 사실을 다시금 느끼게 된다. 그런 점에서 도스토옙스키는 억울하게 죄인이 되어 직접 지상의 지옥을 경험한 작가이고, 체호프는 스스로 시베리아를 횡단해 러시아 극동의 사할린 섬까지 찾아가 유형소 지옥의 참상을 직접 목격한 작가라고 할 수 있다. 그러한 경험은 두 사람이 문학의 거장으로 성장하는 자양분이 되었을 것임에 틀림없다.

[작가노트2]

한 모금의 세숫물, 인간의 적응력

물 한모금으로 하는 세수

『죽음의 집의 기록』을 보면 도스토옙스키가 옴스크 수용소에 도착한 다음날, 그러니까 1850년 1월 24일 아침의 모습을 기억해 적어 놓은 것이 있다. 그 가운데 눈에 띄는 것이 유형수들의 세수하는 장면이다. 물을 한 모금 머금은 채 조금씩 뱉으면서 그 물로 세수를 한다는 것인데, 그것은 과거 물이 부족했던 몽골 유목민들의 세수 방식과 같다. 그 장면을 한 번 보자.

▼ 몽골 유목민

"감옥에서의 첫날 아침이 기억난다. 감옥 출입문 옆의 초소에서 아침 점호를 알리는 북소리가 들리자, 10여 분 뒤에 당직 하사관이 옥사의 빗장을 벗기기 시작했고, 죄수들은 눈을 뜨기 시작했다. (…) 죄수들은 물통 주변에 몰려들어 차례로 국자를 들어 입에 물을 가득 물고는, 조금씩 뱉으면서 자기의 손과 얼굴을 씻었다. 물은 변기 담당 죄수가 어제 준비해 놓은 것이다. 모든 옥사에서는 규정에 따라, 옥사에서 심부름을 할 죄수 한 명을 죄수 조합을 통해 뽑아 놓고 있었다. 그는 변기 담당 죄수라고 불렸고, 노역은 면제 되었다. 옥사를 깨끗이 하고, 판자 침대를 마름질하고 닦으며, 밤에 쓰는 변기통을 들여놓고 내가기도 할 뿐 아니라, 두 개의 양동이에 아침에는 세숫물로 쓰고 낮에는 마실 수 있게 새 물을 채워 놓는 것이 그의 일이었다."

여기엔 세수에 대한 이야기는 있어도 양치질에 대한 말은 아예 들어있지도 않다. 양치가 일상화 된 것은 유럽에서도 대략 19세기 후반에서 20세기 초라고 한다. 따라서 도스토옙스키 시대에는 양치가 중요하지 않았을 것이다. 다만 귀족들과 부자들은 소금으로 이를 닦았다. 당시엔 소금 값이 비싸서 소금 양치는 돈 있는 사람들만 가능했다.

그러나 양치질이 세면의 중요한 일부가 된 20세기에 들어서서도 나치 독일의 유태인 수용소에서는 그것이 허용되지 않았다. 유태인이란 이유로 아우슈비츠 수용소에 끌려갔다가 극적으로 생존한 저명한 정신의학자 빅터 프랭클(1905~1997)박사는 그의 저서 『죽음의 수용소』(정태시 번역, 제일출판사,1982)에서 수용소에서의 경험으로 보면, 의학교과서의 내용과는 다른 것이 많았다며 그 증거들을 제시하면서 '인간은 모든 것에 익숙해질 수 있는 존재'라는 도스토옙스키의 말을 인용한다.

나치 수용소에서 떠올린 도스토옙스키의 말

"수용소 생활에서 처음부터 끝까지 한 번도 이를 닦을 수 없었고 또한 음식물의 현저한 비타민 부족에도 불구하고 이전에 가장 건강을 위해 영양을 섭취할 때보다도 건강한 이와 신체를 보존했다는 사실이다. (…) 흙일을 한 손은 더럽고 상처투성이인데도 불구하고 한 번도 상처가 곪아 본 일도 없었다는 사실이다(물론 동상에 걸린 것은 별문제이지만). 또한 이전에는 옆에 방에서 조그만 소리만 나도 잠이 깨곤 했는데 모로 꼭 끼어 누워서 귀 속에 대고 코를 골아도 늪기가 무섭게 깊은 잠이 들곤 했다.

▼ 폴란드 아우슈비츠 수용소에서 (2006년 5월)

이리하여 도스트옙스키가 『죽음의 집의 기록』에서 인간에 대하여 인간은 모든 것에 적응할 수 있다고 한 것이 얼마나 정확한 판단인가를 재삼 의식하지 않을 수 없었다. 인간이 모든 경우에 적응할 수 있다는 것이 사실인가 아닌가, 또한 어느 범위까지 사실인가를 우리들은 말할 수 있을 것이라 하여 우리에게 묻는 이가 있다면 우리는 대답할 것이다. 그러나……우리들이 어떻게 해서 적응할 수 있었는지는 제발 묻지 말기를 바란다." (『죽음의 수용소』)

사실 도스토옙스키가 유형생활을 한 옴스크 수용소나 솔제니친이 수용되었던 소련시절의 수용소보다 아우슈비츠 수용소 등 나치의 수용소는 훨씬 열악했다. 우선 목적이 달랐다. 러시아나 소련의 수용소는 죄수들을 교화하고 노역을 시키는 것이 목적이었고 형기가 있었다. 일정 형기를 마치면 살아서 밖으로 나갈 수 있었다. 그러나 독일 나치의 유태인 집단 학살 수용소에 들어온 사람들은 석방 날짜 같은 것이 없었다. 나치 수용소에서도 수용자들을 노역에 동원하곤 했는데, 노역이 불가능한 사람들은 바로 가스실로 보내졌다. 살아남은 사람들은 언제 수용소에서 나갈지 알 수 없는, (언제 죽을지도 알 수 없는) 그런 것들이 크나큰 고통이었다고 프랭클 박사는 술회했다.

프랭클 박사의 글 중에 "건강한 이와 신체를 보존했다"는 것은 아무래도 수용소 초기의 상황이었던 것 같다. 제2차 세계대전(1939~1945) 말기에는 하루 한 끼 밖에 주지 않았다. 물이나 다름없는 수프와 조그만 빵, 여기에 추가로 20그램의 마가린이나 한조각의 작은 소시지, 또는 조그만 치즈 조각 등이 전부였다. 이렇게 부실한 하루 한 끼의 식사로는 모두가 영양실조에 시달릴 수 밖에 없었다.

프랭클 박사는 "우리는 약간의 헌 누더기를 걸친 해골처럼 보이는 것이다. 이를테면 유기체가 스스로의 단백질을 몽땅 먹어 버리고 근육조직이 삭아져 가는 것이다"라고 말했다.

아우슈비츠와 주변 수용소에서 2차 대전 직후 연합군에 의해 구출된 생존자들의 사진을 보면 피골이 상접하여 곧 죽을 사람처럼 보이는 이유가 그것이었다.

프랭클 박사가 그의 저서에서 도스토옙스키의 말을 정확하게 인용한 것을 보면 그가 도스토옙스키의 심리 분석에 많은 영향을 받은 지그문트 프로이트(1856~1939)의 정신분석학의 발전적 계승자로서 도스토옙스키의 『죽음의 집의 기록』을 한번쯤 정독했을 것으로 생각된다.

[작가노트3]

옴스크까지 열차를 타고 간 이유

광대한 서시베리아 평원

나는 도스토엡스키가 4년간 유형생활을 했던 시베리아 옴스크에 있는 도스토엡스키 박물관을 방문하기 위해 2017년 추석날인 10월4일 인천공항을 출발했다. 왕복 경로는 인천공항-노보시비르스크-옴스크-노보시비르스크-인천공항으로 하였다. 노보시비르스크까지 비행기로 가서 그곳에서 서쪽으로 6백km 가량 떨어져 있는 옴스크까지는 왕복 모두 기차를 타기로 했다. 시베리아 횡단철도 구간의 일부다. 이 구간에서는 러

▼ 광대한 서시베리아

시아 국내 비행기를 타는 것이 빠르고 요금도 비싸지 않았지만, 기차를 타기로 한 것은 말로만 들었던 광활한 서시베리아의 평원을 보기 위해서였다.

옴스크로 갈 때는 밤 시간이어서 열차 밖 풍경을 보지 못했지만, 돌아올 때 본 가을 햇살 속의 서시베리아 평원은 드문드문 노랗게 물든 자작나무숲이 보일 뿐 참으로 광대했다. 블라디보스토크에서 시베리아 횡단열차를 타고 서쪽으로 갈 때 보이는 동시베리아는 서시베리아에 비해 구릉이 많아 평지가 끝없이 펼쳐져있는 서시베리아와는 풍경이 다르다. 노보시비르스크는 인구 140만으로 시베리아에서 가장 큰 도시다. 그래서 시베리아의 중심도시로 불린다. 그러나 한국에서 이곳을 오가는 우리 국적기는 없고 항공편은 시베리아 항공뿐이다. 당시 일주일에 두 편

▼ 동시베리아 풍경

이 있었다.

인천공항에서 오전 10시 40분에 출발, 6시간 걸려 노보시비르스크에 도착했다. 노보시비르스크와 서울의 시차는 두 시간이다. 당일 인천공항에서 출발이 다소 지연됐는데 원래 노보시비르스크 공항도착 시간은 현지시간 오후 2시 35분이었다. 기온은 서울보다 많이 낮았지만 날씨는 쾌청했다. 노보시비르스크 공항은 말끔히 새로 지어져 있었다.

나는 노보시비르스크가 처음이 아니었다. 방송사에 있을 때인 2007년과 2008년, 볼쇼이, 마린스키와 더불어 러시아 3대 오페라 발레단의 하나인 노보시비르스크 국립 오페라 발레단의 방한 공연 교섭을 위해 두 차례 드나들었던 적이 있다. 그러므로 2017년은 10년 만의 방문이며 세 번째 방문이다.

▼ 노보시비르스크역의 시계탑

그사이에 공항 청사가 새 청사로 바뀌어 우중충했던 과거와는 느낌이 사뭇 달랐다. 입국 수속을 마치고 공항로비로 나왔을 때 나는 잠시 당황했다. 마중 나오기로 했던 분이 보이지 않았기 때문이다. 그 분은 옴스크까지 함께 다녀오기로 한 동포 김준길 교수다. 한참 두리번거리다가 온갖 걱정을 하며 로비 의자에 앉아서 창밖을 보니 김 교수가 뛰어오는 모

습이 보였다. 그제서야 안도를 하였다. 김 교수는 시내에 호텔방을 하나 잡아 놨으니 잠시 휴식을 취하고 저녁 식사를 한 뒤 기차를 타자고 했다. 옴스크로 가는 열차는 노보시비르스크역에서 밤 11시에 출발한다. 돌아오는 기차도 물론 예약을 해두었다.

호텔은 노보시비르스크 국립 오페라 발레극장 앞 골목에 있었다. 매우 오래된 건물이었고, 방도 아주 작았다. 그러나 잠시 쉬는데 아무러면 어떻겠냐고 생각했다. 방값은 1600루블로 그 무렵 환율로 우리 돈 약 3만 2천원이다. 오후 6시쯤 호텔 옆 건물에 붙어있는 온도 전광판을 보니 섭씨 영상 5도였다. 내가 갖고 있던 날씨 정보로 10월 초였던 그 무렵 노보시비르스크의 최고/최저 기온은 +6℃/-1℃였다. 옴스크의 최고/최저 기온은 +4℃/-4℃로 노보시비르스크보다 2~3도 가량 낮았다. 러시아는 추운 곳이어서인지 어느 도시에나 온도를 알려주는 전광판이 자주 눈에 띈다.

[작가노트4]

노보시비르스크의 도스토옙스키 동상

도스토옙스키가 유형살이를 한 옴스크에서 노보시비르스크로 돌아온 다음날이며 옴스크 방문 여정의 마지막 날인 2017년 10월 7일. 나는 김준길 교수 내외와 도스토옙스키와 푸시킨의 동상을 찾아 나섰다. 이 도시의 어딘가에 그 두 사람의 동상이 있다는 얘기를 누군가로부터 들었기 때문이다. 김 교수 내외도 도스토옙스키나 푸시킨 동상이 있다는 얘기는 들었지만 본 적은 없다고 했다.

우리가 도스토옙스키의 동상을 발견한 곳은 노보시비르스크의 중심

▼ 노보시비르스크의 도스토옙스키 도로. 오른쪽에 도스토옙스키 얼굴상이 서있다.

▲ 고골 흉상

도로라고 할 수 있는 크라스니 프로스펙트와 도스토옙스키 도로의 교차 지점이었다. 그런데 그 동상이란 것이 우리가 러시아에서 흔히 보아온 커다란 전신상(全身像)이 아니고 굵지 않은 4각의 기둥 위에 얼굴만 올려놓은 두상(頭像)이었다. 사람들 눈에 잘 띌만한 크기가 아니었기 때문에 이곳 사람들도 잘 알지 못하고 지나쳤을 것 같았다.

그런데 왜 이곳에 도스토옙스키 거리가 있을까? 도스토옙스키는 노보시비르스크와는 아무 인연도 없지만, 도스토옙스키가 유형살이를 한 옴스크가 러시아로서는 비교적 가까운 거리라고 할 수 있는 600km 서쪽에 있고, 그가 강제 군 복무를 하고 첫 결혼 생활을 한 세미팔라틴스크(세메이)도 노보시비르스크에서 남쪽으로 멀지 않은(러시아 기준으로 볼 때), 약 500km 가량 떨어진 곳에 있다는 것이 인연이라면 인연이랄 수 있다. 그러나 그러한 이유보다는 문학의 거장에 대한 러시아인들의 사랑과 자랑의 표시가 아닐까 한다.

왜냐하면 도스토옙스키 도로에서 얼마 떨어져있지 않은 곳에는 노보시비르스크와 도스토옙스키 만큼의 인연도 없는 작가 고골의 이름을 딴 고골 도로가 있다. 또 다른 곳에는 톨스토이 거리도 있는데 그곳에 톨스토이 동상은 없다고 김 교수는 말해주었다.

▲ 푸시킨 흉상

고골 동상과 푸시킨 동상

고골 도로와 크라스니 프로스펙트가 만나는 곳으로 가 보니, 과연 고골 흉상이 서 있었다. 규모는 먼저 본 도스토옙스키의 두상보다는 조금 컸다. 고골 도로는 도스토옙스키 도로보다 폭이 훨씬 넓었다.

고골 흉상까지 카메라에 담은 후 이번에는 푸시킨 동상을 찾아가기로 했다. 김 교수 부인 나탈리아가 어딘가에 전화하여 위치를 알아내 차를 몰았다. 푸시킨 동상은 고골 동상이 있는 도심으로부터 한참 떨어진 지역에 있었다. 차는 한 동네로 들어가 여기저기를 한참 돌다가 어느 학교 앞에 주차를 했다.

학교 정문으로 들어가니 교정에는 노란 자작나무 단풍이 한창이다. 멀찌감치 오른쪽으로 학교 건물 앞에 비교적 큰 황금색 흉상이 하나 눈에 띄었다. 곱슬머리 푸시킨의 흉상임을 금방 알 수 있었다. 햇살이 흉상을 밝게 비추고 있다.

흉상은 원래 인근 공원에 있었으나 가끔 취객들로부터 훼손을 당하곤 해서 안전한 학교 교정으로 옮겨다 놓은 것이라고 했다. 동상이 있는

학교의 이름은 노보시비르스크 시립 푸시킨 사범학교였다. 고등학교 과정이라고 한다. 토요일이어서인지 학생들은 보이지 않았다.

당초 옴스크 여행을 계획할 때만 해도 노보시비르스크는 단지 경유지에 불과했다. 그러나 이렇게 여행 마지막날 이 도시의 도스토옙스키, 고골, 푸시킨의 동상을 몇 시간 만에 모두 볼 수 있었으니 내게는 여행의 또 다른 소득이었다.

제13부

카라마조프 형제들의 마을에서

상트
페테르부르크
Санкт-Петербург
스타라야루사
*도스토옙스키 별장 박물관
*카라마조프 형제들 소설 박물관
모스크바
Москва
민스크
Мінск
벨로루시

▲ 스타라야루사

스타라야루사의 도스토옙스키 박물관 두 곳

상트페테르부르크와 모스크바 사이에 있는 작은 도시 스타라야루사에 2018년 7월에 새로 문을 연 〈카라마조프 형제들 소설 박물관(Музей романа Братья Карамазовы)〉은 바로 인근에 있는 본관이라고 할 수 있는 〈도스토옙스키 집(별장) 박물관〉의 부속 박물관이지만, 외형상으로는 본관을 능가한다.

▼ 스타라야루사의 〈카라마조프 형제들 소설 박물관〉

〈도스토옙스키 집 박물관〉이 도스토옙스키가 살던 목조 2층 별장을 개조해 박물관으로 꾸민데 비해 〈카라마조프 형제들 소설 박물관〉은 번듯한 고딕 스타일의 2층 석조 건물이기 때문이다. 19세기 부유한 상인의 저택이었다고 한다.

집 박물관과 소설 박물관은 거리상으로는 550m, 도보로 불과 7분 거리다. 집 박물관에서 바로 곁의 페레리치차 강 강둑을 따라 조금 걸으면 오른쪽으로 노란색 석조 건물이 곧 눈에 들어온다.

소설 박물관 내부는 아버지 표도르 카라마조프의 거실과 장남 드미트리의 약혼녀 카테리나 이바노브나의 거실 등을 재현해 놓은 6개의 홀로 이뤄져있고 등장인물들의 마네킹과 당시의 가구, 생활용품, 도스토옙스키의 소설에 영향을 미친 인물들의 사진, 소설의 삽화 등이 전시되어있다. 작가의 스타라야루사 여행길을 재현한 멀티미디어 콘텐츠도 방영된다.

▼ 인접해 있는 두 개의 도스토옙스키 박물관

도스토옙스키 박물관이 러시아에 6곳, 카자흐스탄에 1곳 등 모두 7곳이라고 말한 바 있지만, 규모로 봐서는 여기에

〈카라마조프 형제들 소설 박물관〉을 추가해야 할 것으로 보인다.

도스토옙스키는 소설 『카라마조프 씨네 형제들』을 완성한 후 석 달 만에 갑자기 죽음으로써 이 소설은 그의 최후의 작품이 되었다. 도스토옙스키는 이 방대한 대작을 그의 전체 구상 속의 전편 1부로 생각하고 2부가 될 후편을 쓰려고 했으나 미완에 그친 것이다.

그러나 『카라마조프 씨네 형제들』은 이미 발표된 그 자체만으로도 완성된 하나의 소설로 충분할 뿐 아니라 도스토옙스키의 심오한 인생철학과 종교관을 집대성한 것으로 평가받고 있다.

1. 자식을 버린 부모도 부모인가

억울한 유형살이를 한 부친 살해범

도스토옙스키의 대작 『카라마조프 씨네 형제들』은 그의 시베리아 유형지에서의 쓰라린 경험을 토대로 하고 있다.

도스토옙스키가 유형소에서 만난 부친 살해범 일린스키 소위가 소설의 동기를 부여한 사람이다. 방탕하게 살았던 일린스키는 재산을 노리고 아버지를 살해한 존속살인범으로 체포돼 시베리아 유형을 선고 받고 복역했는데, 그가 형기를 다 산 후에 진범이 잡혔다. 억울한 유형살이를 한 것이다.

『카라마조프 씨네 형제들』의 주인공인 장남 드미트리도 아버지를 죽

▲〈카라마조프 형제들 소설 박물관〉 내부

인 범인이 아닌데도 진범으로 몰려 시베리아 유형 선고를 받는다. 소설은 방탕한 장남 드미트리가 부친 살해범으로 체포돼 20년의 시베리아 유형을 선고 받은 후 유형길에 탈출해 미국으로 떠나는 계획을 세우는 것으로 마무리 되지만, 실제 살해범은 아버지의 집에서 하인 노릇을 하는 사생아 스메르쟈코프였다.(*과거에 러시아에서 사생아인 서자는 아버지집에서 하인 노릇을 했다)

드미트리 사건과 관련한 증언을 위해 재판정 출두를 앞두고 있던 스메르쟈코프는 자기가 범인임을 무신론자인 둘째 아들 이반에게 실토하고 훔친 돈 3천 루블을 내놓는다. 그러면서 "진짜 살인자는 당신(이반)이며, 자신은 그가 암시한 대로 따랐을 뿐"이라고 말한다. 스메르쟈코프는 이반에게 "(신은 없으며) 모든 것은 허용된다"고 하지 않았느냐고 반문한다. 이반이 부친에 대해 살의를 품은 것을 알고 자기가 그것을 실행했다는 주장이다. 스메르자코프는 그날 밤 목을 매 스스로 목숨을 끊는다.

이반은 법정에 나가 스메르자코프가 스스로 살인범이라고 실토했으며 증거물로 그가 훔친 3천불도 내놓았다고 했으나 재판정은 이반이 형 드미트리를 살리기 위해 죽은 스메르자코프에게 죄를 뒤집어 씌우는 것이라는 분위기로 흐른다. 결국 드미트리는 아버지를 폭행하기도 했고 그 뒤로도 노상 "아버지를 죽이겠다"고 떠벌리고 다닌 탓에 혐의를 벗지 못하고 그렇게 중형을 선고 받는다.

▲ '카라마조프 형제들' 영화의 한 장면, 좌로부터 둘째 이반(리처드 베이스하트), 장남 드미트리(율 브리너), 부친 표도르(리 제이 콥)

자식을 낳아 의무를 다해야 부모

소설 『카라마조프 씨네 형제들』은 가정을 돌보지 않고 자신의 쾌락만을 위해 살아가는 교활하고 무책임한 가장 표도르 파블로비치 살해사건이 주요 줄거리다.

아버지 표도르는 두 번의 결혼으로 낳은 어린 아들 셋을 모두 돌보지 않았다. 첫 번 부인은 드미트리를, 두 번째 부인은 이반과 알료샤를 낳고 죽었다. 소설에서는 자식을 돌보지 않는 그런 자를 아버지라고 할 수 있는가 하는 이야기가 나온다.

법정에서 드미트리의 변호사는 "낳은 것만으로는 아직 아버지가 아니다. 아이를 낳아서 아이에 대한 의무를 다한 사람만이 아버지"라고 주장한다. 그는 또, "자기가 낳은 자식을 내다버린 어머니가 있다면 그녀를 어머니라고 할 수 있을까요"라고 반문한다.

▼ 영화 속 두 여인, 그루센카(좌, 마리아 셸), 카테리나(클레어 블룸)

아버지 표도르가 돌보지 않았던 그 아들들이 여기저기의 친척과 주변의 도움으로 성장한 후 어느날 아버지의 집에 모인다. 그런데, 장남 드미트리와 아버지 표도르는 드미트리 모친의 유산문제 뿐 아니라 그루센카라는 한 여성을 두고 삼각관계의 심각한 갈등마저 빚고 있는 상황이다.

그루센카는 도스토옙스키가 그의 소설에 여주인공으로 종종 등장시키는 뛰어난 미모에 강한 성격의 소유자인데, 이 소설의 또 다른 여성인 드미트리의 약혼녀 카테리나도 미모와 성격면에서 그루센카 못지않다.

드미트리는 자기 아버지를 가리켜 "추악한 색마에다가 비열한 희극배우", "수치를 모르는 위선자"라고 비난한다. 아버지 표도르는 드미트리에게 "내 자식이 아니었다면 결투신청 했을 것" "제 아비를 죽일 놈"이라는 등 부자지간에 막말을 주고 받는다.

드미트리는 이런 극언까지 한다.

"저런 인간이 도대체 왜 계속 살아있어야 한단 말인가"

드미트리가 아버지를 죽이겠다며 폭행하고 다른 두 아들이 뜯어말리는, 살인극의 전주곡 같은 장면이 먼저 펼쳐진다.

여기에 장남의 약혼녀 카테리나를 둘째인 이반이 빼앗으려는 장면까지 겹쳐진다. 그야말로 콩가루 집안의 막장드라마다. 수도사인 셋째 알료샤가 없었더라면 이 집안에는 기대할만한 인물이 아무도 없었을 것이다.

알료샤는 이 소설을 끌고 가는 인물은 아니지만, 도스토옙스키가 설정한 실제 주인공이며 그가 구상에만 그친 『카라마조프 씨네 형제들』

후편에 활약을 펼칠 인물이었다. 그는 전편에서 조시마 장로의 권유로 수도원을 나오는데 그것은 후편의 활약을 위한 준비로 보여진다. 알료샤는 1878년 5월에 세 살로 죽은 도스토옙스키의 둘째 아들의 이름이기도 하다.

이 소설 속에는 크고 작은 많은 일화들이 담겨있다. 어떤 것은 짧은 단편이라고 할 만한 길이의 것도 있다. 그중 몇몇 이야기들은 너무 잔혹하여 인용하기조차 꺼려지는 것도 있다. 어떤 이야기는 기독교 신앙의 해법으로 마무리되기도 한다. 도스토옙스키는 누구보다도 독실한 러시아 정교회 교인이었다.

도스토옙스키는 소설 속에서 사회적 모순과 추악한 인간세계의 이면들을 드러내 보이면서도 그 근저에 흐르는 인간사회의 따뜻한 인정, 형제애 등도 놓치지 않고 있다.

2. 천국은 어디에 있나?

소설 『카라마조프 씨네 형제들』에 나오는 천국과 지옥에 관한 이야기는 다음과 같이 시작된다. 소설에는 존경받는 수도사 조시마 장로의 10대 때의 이야기가 나오는데, 스무살도 못 되어 폐결핵으로 죽은 친형이 죽기 직전, 슬퍼하는 어머니를 이렇게 위로했다고 회상한다.

▲ 알료샤와 조시마 장로 (그림)

"어머니, 울지 마세요. 인생은 천국이고 우리들은 모두 천국에 살고 있는데도, 우리들이 그 사실을 알고 싶어 하지 않을 뿐이예요. 만일 그것을 알고 싶어 하기만 한다면 내일이라도 이 세상에 천국이 이뤄질 거예요." (『카라마조프 씨네 형제들』, 도스토옙스키, 이대우 옮김, 열린책들, 2008)

이렇게 그의 젊은 친형은 죽기 전에 인생은 천국이라고 말했다는 것이다. 그런가 하면 조시마 장로는 수도사가 되기 전, 장교 시절에 자기보다 나이와 관등이 더 위인 사람과 사소한 시비로 결투를 벌이게 됐는데 결투장에서 상대가 쏜 총알이 자신을 비껴간 후, 그를 향해 총을 쏠 순서에(즉, 그를 죽일 수 있는 기회가 왔을 때) 권총을 집어 던진 후 이렇게 말했다.

여기서도 또 '인생은 천국'이라는 말이 등장한다.

"주변에 있는 하느님의 선물을 살펴보십시오. 맑은 하늘, 신선한 공기, 부드러운 풀, 새들, 아름답고 순진무구한 자연을 말입니다. 하지만 우리들만은 하느님을 믿지 않은 채 어리석음에 빠져있으며, 인생이 천국임을 이해하지 못하고 있습니다. 우리들이 그것을 이해하려고만 한다면 자연은 당장이라도 아름답게 단장한 모습으로 나타날 것이고, 우리들은 서로 포옹한 채 눈물을 흘리게 될 것입니다……."

조시마 장로는 이어 자신의 과거 살인행위를 숨기고 지역에서 부자이자 존경받는 사회사업가로 살았던 한 사람의 사례를 이야기한다.

그 사람은 14년 전 사랑하는 여인이 다른 사람과 결혼하려는 것을 알고 질투심을 못 이겨 몰래 그녀를 찾아가 칼로 찔러 살해한다. 그러나 살인의 혐의는 엉뚱하게도 행실이 바르지 못했던 그 여인집의 농노 출신 하인에게 돌아갔다. 정작 살인을 한 그는 어떠한 의심도 받지 않았다. 그러나 마음속의 고통은 세월이 흐를수록 커

▼〈카라마조프 형제들 박물관〉 내부

져만 갔다.

어느날 그는 지역에서 뜨거운 화제가 된 결투 사건의 주인공 조시마 장로를 찾아간다. 둘이 자주 만나게 되면서 결국 자신의 죄를 고백한다. 고백에 앞서 그는 조시마 장로에게 이렇게 말한다.

"인생은 낙원이라고 나는 이미 오래 전부터 생각해 왔지요. (…) 낙원이란 각자의 마음 속에 숨어있는 것입니다. 그것은 지금 내 마음속에도 숨어 있어서 내가 원한다면 실제로 내일 당장 나한테 나타나 일생 동안 자리 잡게 될 것입니다."

천국은 너의 안에 있느니

도스토옙스키는 이렇게 소설 속에서 인생은 낙원이고 천국이며 그것은 자신의 마음 속에 있는 것이라고 이 사람 저 사람의 입을 빌어 설교한다. 비록 자신은 지독하게 힘든 고난의 일생을 살았지만, 그는 서로 사랑하고 감싸주며 아름답게 사는 세상

▼『카라마조프 씨네 형제들』을 쓴 스타라야루사 도스토옙스키 별장(그림)

이 천국이라고 말하고 있다.

사실 도스토옙스키의 그러한 천국관은 바로 그의 신앙이기도 한 기독교의 그것이다. 천국에 대해 성경은 이렇게 말한다.

"바리새인들이 하나님의 나라가 어느 때에 임하나이까 묻거늘 예수께서 대답하여 이르시되 하나님의 나라는 볼 수 있게 임하는 것이 아니요, 또 여기 있다 저기 있다고도 못하리니 하나님의 나라는 너의 안에 있느니라." (누가복음 제17장 20절 21절. 성경전서 개역개정판, 대한성서공회, 2001)

하나님의 나라 즉 천국은 너의 안에 있다는 것이 도스토옙스키의 장황한 천국이야기의 결론이라고 할 수 있다.

* 본문 중에 하느님과 하나님이 혼용된 것은 인용문의 출처에 따른 것이다. 가톨릭 성경에서는 하느님, 개신교는 하나님으로 쓰기 때문이다.
* 소설에 나오는 조시마 장로의 모델은 도스토옙스키가 1878년 6월 젊은 철학자 솔로비요프와 함께 방문해 이틀간 머물며 대화를 나눈 툴라주 옵찌나 푸스틴 수도원의 암브로시 수도사라고 전해진다.

3. 지옥은 더 이상 사랑할 수 없는 고통이며 만족할 줄 모르는 자만

그러면 지옥은 어디에 있는가? 『카라마조프 씨네 형제들』에서 조시마 장로의 설교를 통해 도스토옙스키는 이렇게 지옥에 대한 정의를 내린다.

▲ 정면에서 본 별장 박물관

"<지옥이란 무엇일까?>하고 생각해 봅니다. 그것은 <결코 더 이상 사랑할 수 없는 고통>이라고 생각합니다.

(…) 지옥에는 자만에 빠진 자들과 잔인한 자들이 있습니다. 다시 말씀드리면 사탄과 오만한 영혼에 온몸을 내던진 무서운 사람들이 있는 것입니다. 그들에게 지옥은 이미 자발적인 선택에 의한 것이며 또 만족할 줄도 모릅니다. 즉, 그들은 자발적인 수난자들인 것입니다. 왜냐하면 그들은 스스로 자신을 저주해왔고, 하느님과 삶을 저주했기 때문입니다. 그들은 마치 사막에서 굶주린 자가 자기 몸뚱이의 피를 빨기 시작하듯이 악의에 찬 자만심을 먹고 사는 것입니다. 그러나 영원히 만족할 줄 모르는 사람들은 용서를 구하지 않고 자신들을 부르는 하느님을 저주하고 있습니다. 그들은 살아 계신 하느님을 증오 없이는 바라볼 수 없으며, 생명의 하느님께서 사라져 주기를, 하느님께 자신과 모든 피조물들을 파멸시켜

주기를 바라고 있습니다. 그리하여 그들은 분노의 불길 속에서 자신을 영원히 불사르며 죽음과 허무를 갈망하게 될 것입니다. 그러나 죽음도 얻지 못할 것입니다……."

이같이 조시마 장로는 만족할 줄 모르고 자만에 빠진 자, 잔인한 자들은 지옥에 사는 것이라고 말한다.

만족할 줄 모르는 자만 = 지옥

조시마 장로는 이같이 지옥에 관한 이야기를 하기에 앞서 살인을 숨긴 채 살아 온 그 존경받는 사회사업가가 자신의 죄를 사람들 앞에서 고백하기 전에 장로에게 이렇게 말했다고 전한다.

▼ <스타라야루사 집 박물관>에 걸려있는 도스토옙스키 가족 사진

"내가 고백하는 순간 천국이 찾아오리란 것을 알고 있습니다. 지옥 속을 14년이나 헤맸지요. 이젠 고통받고 싶습니다. 고통을 받아들이며 살고 싶습니다. 거짓 세상을 살게 되면 그땐 뒤로 돌릴 수 없을 것입니다. 지

금으로서는 가까운 이웃은 물론 자식들마저도 사랑할 수 없는 상황입니다."

<더 이상 사랑할 수 없는 고통>이 바로 지옥이라는 도스토옙스키의 지옥에 대한 정의는 이처럼 죄를 숨기고 살아 온 살인자의 고백을 통해 강조된다. 이 사람은 그 후 마을사람들이 많이 모인 어떤 자리에 참석했을 때 자신의 죄를 공개적으로 고백하지만, 처음엔 누구도 그 말을 곧이듣지 않는다. 그 자리에서 피살된 여인의 금붙이, 목걸이, 십자가 등을 범행의 증거로 내놓았지만, 모두들 병든 환자가 떠들어대는 헛소리라고 생각했다.

그는 실제로 얼마 후 죽고 말았지만, 죽기 전 조시마 장로에게 이렇게 말했다. 조시마 장로가 수도원에 들어가기 전이고 나이 차이도 많았으므로 어투도 반말로 바뀐다.

〈(…) 나는 내가 곧 죽을 거라는 사실을 알고 있지만 몇 십 년 만에 처음으로 기쁨과 평화를 느끼고 있어. 내가 할 일을 하자마자 난 내 영혼 속에서 천국을 느꼈던 거야. 이젠 내 아이들을 사랑할 수도 있고 그 애들한테 입을 맞춰 줄 수도 있어. 사람들은 내 말을 믿지 않고 또 아무도 귀 기울이려 하지 않아. 아내도, 재판관들도 말이야. 게다가 아이들도 전혀 믿지 않지. 그걸 보면 내 아이들에 대한 하느님의 자비를 알 수 있거든. 나는 죽어가지만 내 이름은 아이들에게 오점을 남기지 않게 될 거야. 그래서 지금 하느님을 예감하고 있고, 마음은 마치 천국에서처럼 기쁘거든…… 의무를 다했으니…….〉

천국과 지옥에 대한 이야기가 그의 최후의 작품인 『카라마조프 씨네 형제들』 속에 들어가 있는 것은 매우 주목할 만하다. 자신의 쓰라린 인생의 체험과 사색을 통해 깨달은 바를 표현한 것이기 때문이다. 도스토옙스키는 천국과 지옥은 어디 먼 곳에 있는 것이 아니라 바로 이 세상, 자신의 마음 속에 있다는 이야기를 하고 싶었던 것이다.

4. 자유란 무엇인가?

도스토옙스키는 시베리아 수용소에서 매일 매일 자유와 해방을 갈망했다. 족쇄로부터의 육신의 해방이다. 신체적 자유를 갈망하던 유형수 시절이 지나간 후 그가 말하는 자유는 정신적인 것으로 변화해 간다.

『카라마조프 씨네 형제들』에서 그는 조시마 장로의 설교를 통해 자유에 대해 이렇게 말한다.

자유는 욕구의 증대와 충족이 아니다

"세상은 자유를 선언하였고(*1861년 러시아에서 있었던 농노해방을 일컫는 듯), 현대에 들어서는 더욱 그렇습니다만, 그들의 자유 속에서 우리는 무엇을 보고 있습니까? 그것은 예속과 자살에 지나지 않습니다! 세상은 이렇게 말하기 때문입니다. 〈욕구가 있으면 충족시키시오. 당신들도 귀인들이나 부자들과 똑같은 권리를 가지고 있지 않소? 욕구 충족을 두려워하지 말고 오히려 더욱 증대시키시오〉

▲ 스타라야루사 요양소 입구

라고 말입니다. 이것이 오늘날 이 세상의 교리이며, 세인들은 그 속에서 진리를 발견하고 있는 것입니다. 그런데, 욕구 확대라는 권리는 어떤 결과를 낳았습니까? 부자에게는 고독과 정신적 자살을, 가난한 사람들에게는 질투와 살인을 낳았을 뿐입니다. 왜냐면 권리를 주었으되 욕구를 충족시키는 방법을 미처 가르쳐 주지 않았기 때문입니다.

(…)

자유를 욕구의 증대와 신속한 충족으로 이해함으로써 자신의 본성을 왜곡할 뿐입니다. 왜냐하면 그것은 수많은 무의미하고 어리석은 욕망과 관습과 비합리적인 망상을 탄생시켰기 때문입니다. 사람들은 육욕과 자만, 서로에 대한 질투만을 위해 살고 있는 것입니다. 호의호식, 나들이, 사륜마차, 관직, 노예나 다름없는 하인들을 소유하는 것이 필수적이라고 생각하기 때문에 그것을 얻기 위해서 사람들은 심지어 생명, 명예 그리고 인간애조차 희생시키고 그것을 충족시키지 못하는 경우에는 자살하기도 합니다.

가난한 사람들의 경우에도 똑같은 현상을 목격하게 됩니다. 가난한 사람들은 욕구 불만과 질투를 술로 억누르게 됩니다. 하지만 얼마 후 그들은 술 대신 피를 마시게 되며, 그것을 향해 이끌려 가게 됩니다. 그 같은 인간이 얼마나 자유로울 수 있는지 나는 여러분에게 묻겠습니다."

이 소설은 140년도 더 전에 쓰여진 것이지만, 위에서 말한 호의호식, 나들이, 사륜마차, 관직 등을 오늘날의 화려한 의상과 고급 음식, 해외여행, 값비싼 승용차, 아랫사람을 많이 거느리는 높은 자리 등으로 바꿔 놓으면 조금도 다를 것이 없다.

조시마 장로는 자유와 관련해 수도사에 대해 언급하는데, 수도사는 물질과 습관의 전횡으로부터 <자유로워진 인간> 이라고 설명한다. 또 수도사들은 "자신에게서 과도하고 불필요한 욕구를 끊어 버리고, 이기적이며 자만심 넘치는 의지를 억제하며, 복종의 길에 채찍을 가해 하느님의 도움을 받아서 정신의 자유와 그에 따르는 정신적 환희를 얻게 된다"고 말한다.

조시마 장로는 수도사에 대한 그러한 이야기를 하기에 앞서 수도사 중에도 문제 인물들이 많다는 이야기를 전제한다.

"사실 안타깝게도 수도원에도 건달, 호색한, 난봉꾼, 무례한 방랑자들이 많습니다. 교육받은 세인들은 우리들(수도사들)을 향해 <당신들은 게으름뱅이들이며 사회에 전혀 쓸모없는 인간들이고, 남의 노동력으로 살아가는 파렴치한 거지들이오>라고 말합니다. 그러나 수도원에는 겸손하고 유순하며 고독을 갈망하면서 정적 속에서 기도에 정열을 불사르는 수도사들도 많습니다."

진정한 자유에 이르는 길은 욕구불만과 이기심에서 벗어나는 것

도스토옙스키는 조시마 장로를 통해 진정한 자유에 이르는 길은 욕구불만과 이기심에서 벗어나는 것이라고 그 길을 제시하면서 정신적 자유를 얻는데는 신앙이 필요하다고도 강조한다. 신앙심 깊은 도스토옙스키다운 말이다.

육체적 속박으로부터의 자유를 얻은 후에 도스토옙스키가 자신이 말한 진정한 정신적인 자유를 얻었는지는 알 수 없다.

위의 조시마 장로의 말 중에 수도원에 있다는 '건달, 호색한, 난봉꾼, 무례한 방랑자들' 대목을 보다가 문득 우리나라 국회가 떠올랐다. 수도원을 국회로 바꿔도 말이 되겠다고 생각한 것이다. 하지만 조시마 장로는 그렇지 않은 수도사들도 많다는 얘기를 강조한다. 어느 시절 어디에나 인간사회의 모습은 비슷한 것 같다.

돈과 자유

그런데 하나 궁금한 것이 있다. 도스토옙스키는 평생 돈으로부터 자유로울 때가 없었다. 시베리아에서 상트페테르부르크로 돌아온지 5년 후인 1864년에 잡지를 같이 하던 형 미하일이 갑자기 죽으면서 형이 남긴 거액의 빚을 안게 됐다. 그 빚을 그는 사망 직전인 1881년 초쯤 겨우 다 갚았다. 두 번째 아내 안나의 야무진 살림살이와 출판업 등 사업수완 덕택이었다. 물론 그의 소설들에 대한 성가가 높아지면서 원고료 수입이 늘어난 것도 빼놓을 수 없다.

『카라마조프 씨네 형제들』을 쓸 때는 그가 어느 정도 경제적 안정을 이뤘을 때였다. 그가 유형소를 나오면서 신체적 자유라는 첫 번째 자유의 목적을 이룬 후 정신적 자유를 찾아갈 때에 경제적 속박의 요인이었을 빚의 문제는 어떤 영향을 미쳤을까? 평생 돈 걱정에서 벗어나지 못했던 도스토옙스키가 '궁극적인 자유를 가로막고 있는 것은 빚더미'라고 생각하지 않았을까 하고 추측하는 것은 어렵지 않은 일이다.

왜냐하면 그는 이미 『죽음의 집의 기록』에서 '돈은 주조된 자유'라고 설파한 바 있기 때문이다.

5. 소설 속 '대심문관' 편의 자유에 대하여

그리스도에게 훈계하는 대심문관

『카라마조프 씨네 형제들』의 백미의 하나로 일컬어지는 것이 '대심문관' 편이다. 여기서 말하는 대심문관은 무수한 이교도들을 화형에 처했던 중세 스페인의 가톨릭 추기경을 말한다.

무신론자인 둘째 아들 이반이 수도사인 동생 알료샤에게 들려주는 이야기 형식으로 길게 진행된다. 이반은 이를 자기가 지은 서사시라고 했다. 무신론자의 이야기니 어떤 내용일지 짐작이 가겠지만, 기독교를 공격하고 비판하는 내용이다. 그런데 자세히 들어보면 그 속에 오히려 기독교의 심오한 진리가 담겨있다. 이는 도스토옙스키의 반어적 수사법이라고 할 수 있다.

이야기의 배경은 16세기 스페인의 세비야다. 이 도시에서 백여 명의 이단자들을 화형에 처한 바로 다음날, 무더운 광장에 그리스도가 나타났다. 사람들은 이상하게도 모두 그가 그리스도임을 알아보며 그의 주위에 모여든다. 그리스도가 지나가면서 성경에 나오는 것처럼 장님의 눈을 뜨게 하고 죽은 소녀를 살리는 기적이 일어난다.

▼ '황야의 그리스도', 이반 크람스코이, 1871

이때 추기경인 대심문관이 그 옆을 지나다 모든 광경을 목격하고는 그리스도를 잡아가두라고 명령한다. 대심문관은 아흔 살에 가까운 나이이다.

그 날 밤 대심문관은 어두운 감옥에 있는 그리스도에게 찾아가 일장 훈계를 늘어놓는다. 그리스도는 단지 듣기만 하며 대심문관은 자문자답하는 식으로 이야기를 이어간다. 그는 그리스도에게 <모든 것을 당신 스스로 교황에게 인계했으니, 이제는 모든 것이 교황의 소유이며, 이제는 제발 이곳에 찾아오지도 말며, 적어도 때가 오기 전까지는 방해하지 말아 달라>고 말한다.

양심의 자유는 고통스러운 것

대심문관은 그리스도에게 그가 지상에 와서 자유의 씨를 뿌렸지만, 인간은 그리스도가 생각한 것보다 훨씬 허약하고 비천하게 창조되어서 그 자유를 감당하지 못하고 혼란스러워 했다고 말한다.

대심문관은 그리스도는 인간을 자유롭게 하고 싶다고 했지만 자유를 배가시켜 인간에게 영원한 고통을 안겨주었고, 인간의 양심을 지배하고 사로잡을 기적과 신비와 교권을 거부했다며 이같이 말한다.

"(…) 인간에게 양심의 자유보다 더 고통스러운 것도 없는 것이오. 그런데 당신은 인간의 양심을 영원히 평안하게 할 튼튼한 토대를 마련해 주지는 않고 특별하고 수수께끼 같고 불확정한 것만을 가져왔고 인간에게 힘겨운 것만 건네주었으니, 결국 인간을 전혀 사랑하지 않는 것처럼 행동한 꼴이 되었소. 그가 누구요? 바로 그들을 위해 자신의 생명을 던지러 왔다던 사람 아니오! 당신은 인간의 자유를 지배하기는 커녕 그 자유를 배가시켜 인간의 정신적 왕국에 영원히 고통을 안겨 주지 않았소. 당신은 당신에게 현혹되어 포로가 된 인간이 자유 의지로 당신을 따르는 자유로운 사랑을 기대했던 거요.

(…)

무기력한 반란자들(인간)의 행복을 위하여 세 가지 힘이, 그들의 양심을 영원히 지배하고 사로잡을 강력한 세 가지 힘이 지상에는 존재하오. 그 힘은 다름 아닌 기적과 신비와 교권이요. 당신은 첫 번째 것도, 두 번째 것도 그리고 세 번째 것도 거부했으며 스스로 그 모범이 되었소. 무섭고 지혜로운 악마가 당신을 성전 꼭대기에 세워 놓고 이렇게 말했지요. <네가 하느님의 아들인지 아닌지 알기를 원한다면 밑으로 뛰어 내려라. 성서에 천사들이 그리스도를 받쳐 주어 땅에 떨어져도 다치지 않으리라고 기록되어 있으니 말이다. 그러면 네가 하느님의 아들인지 아닌지 알 수 있을 것이며, 네 아버지에 대한 너의 믿음이 어떠한지도 입증되지 않겠느냐.> 그러나 당신은 그 이야기를 듣고도 그 제안을 거절했으며 굴복하지도 않고 또 뛰어내리지도 않았소.

(…)

인간은 기적이 없는 한 무력한 존재이므로 수없이 반역자, 이교도, 무신론자가 되면서까지도 자신들만의 새로운 기적을 창조해 내고, 또 심지어는 마법적인 기적, 황당무계한 기적에 매료되는 것이오. 당신은 사람들이 (골고다 언덕에서 십자가에 못 박혔을 때) <십자가에서 내려와 봐라, 그러면 네가 그리스도라는 사실을 믿겠다>고 소리 지르며 조롱하고 놀려대도 십자가에서 내려오지 않았소. 당신이 거기서 내려오지 않은 것은 인간을 기적의 노예로 만들고 싶지 않았기 때문이며, 기적에 의한 신앙이 아닌 자유로운 신앙을 열망했기 때문이오. 당신은 단번에 인간을 영원히 공포에 떨게 할 권세 앞에서 드러나는 예속적인 노예들의 환희가 아니라, 자유로운 사랑을 열망했던 거요.

(…)

우리들은 그들이 우리들을 위해 자유를 포기하고 복종할 때에만 자유를 누리게 될 것이라고 설득할 것이오."

대심문관은 또한 그리스도에게 "당신은 선택받은 자들만을 구원했을 뿐이지만, 우리들은 모든 사람을 구원했다"고 주장한다.

그는 그리스도가 이야기한 그 자유 때문에 인간이 15세기 동안 고통을 겪었지만, "오늘날(16세기) 인간들은 그 어느 때보다 신심이 깊고 자유로 충만되어 있으며, 그들 스스로 자신들의 자유를 우리에게 가져와서 우리 발밑에 공손히 바쳤다"고 주장했다.

그러면서, "당신(그리스도)은 어째서 우릴 방해하러 온 거요?" "난 내일 형을 선고해서 가장 사악한 이교도로서 당신을 화형에 처할 것"이라고 말한다.

대심문관의 훈계는 매우 장황했다. 그러고는 이렇게 말을 마친다.

"다시 말해두지만, 내일이면 당신은 순종하는 양떼들을 보게 될 것이며, 그들은 내 손짓 하나로 당신이 우리들을 방해하러 온 것을 이유로 당신을 불태울 화형대 속에 불타는 장작을 던져 넣을 것이오. 우리들의 화형대를 써먹을 데가 있다면 그건 누구보다도 당신한테일 것이오. 나는 내일 당신을 화형에 처하겠소. 이것으로 할 말은 다 했소."

▲ '민중앞에 나타난 그리스도', 알렉산드르 이바노프, 1857

듣기만 하던 죄수(그리스도)는 대심문관의 입술에 조용히 입을 맞추는 것으로 대답을 대신한다.

대심문관은 놀라서 입술을 부르르 떨면서 문 쪽으로 다가가 <어서 나가시오. 그리고 다시는 찾아오지 마시오……. 앞으론 절대 찾아와선 안 되오……. 절대, 절대로.>

이렇게 노인은 그를 <어둠이 깔린 도시의 광장>으로 내보낸다는 것이 대심문관 편의 대체적인 줄거리다.

6. 빵으로 복종을 산다면 그게 무슨 자유인가

대심문관의 이야기 중에는 그리스도가 돌을 빵으로 변화시키지 않은 것(마태복음 4장 1~11절)과 관련해, "당신은 인간들로부터 자유를 빼앗고 싶지 않았기에, 빵으로 복종을 산다면 그게 무슨 자유인가라고 판단하여 그 제안(돌을 빵으로 변화시켜보라는 악마의 요구)을 거부했었소"라며 "그 지상의 빵의 이름으로 지상의 악마는 당신에게 반기를 들고 일어나 당신과 투쟁하여 결국 당신을 누르고 말 것"이라고 말한다.

인간은 허약하고 비열한 존재이며 천상의 빵을 기대하는 사람보다 지상의 빵에 갈급한 사람들이 훨씬 많기 때문에 그리스도는 싸움에서 패할 것이라고 하는 것이다.

그는 또 이런 이야기도 한다.

"우리들은 우리의 허락을 받는 한 어떤 죄도 용서될 수 있다고 말하겠소. 우리들이 그들의 죄를 용납하는 것은 그들을 사랑하기 때문이며 그들의 죄에 대한 벌은 어쩔 수 없이 우리가 떠맡게 될 것이라고 말하겠소."

여기에 나오는 대심문관은 안티 그리스도이자 무신론자 그 자체다. 그의 정체는 바로 이 이야기를 지어낸 무신론자인 카라마조프가의 둘째 아들 이반이다. 이반의 그같은 이야기는 19세기 당시 러시아에서 유행하던 신성모독과 무신론적 사상을 도스토옙스키가 종합하여 만든 것이라고 한다. 이반의 이야기를 다 들은 알료샤는 이렇게 말한다.

"형의 서사시는 예수님에 대한 찬사이지, 형이 원한 것처럼…… 비난은 아니거든요."

알료샤는 이어 이렇게 반박한다.

▼ '앉아있는 악마', 미하일 브루벨, 1890

대심문관의 이야기는 그들이 지주가 되는 미래의 농노제

"형이 말하는 심문관 같은 그런 환상적인 인물은 절대 존재할 수 없어요. 자신이 떠맡았다는 사람들의 죄라는 것이 대체 무엇이죠? 사람들의 행복을 위해 어떤 저주를 떠맡았다는, 비밀을 간직한 사람들이란 누굽니까?

(…)

그것은 단순히 권력, 지상의 추악한 행복, 노예제에 대한 희망만 있을 따름이며…… 그들이 지주가 되는 미래의 농노제와도 같은 것이에요…… 그게 그들의 전부지요. 어쩌면 그들은 신을 믿지 않을지도 몰라요. 수난을 겪는다는 형의 그 심문관은 하나의 환상일 뿐이고요……."

앞의 대심문관 이야기 중에도 의문은 있다. 그리스도가 인간을 기적의 노예로 만들지 않기 위해 악마의 요구대로 돌을 빵으로 만들지 않았고, (그리스도가 처형된) 십자가에서 내려오지 않았다고 대심문관이 분석한 것은 수긍이 간다. 그런데 본문 중에 화형식 다음날 세비야에 나타난 그리스도가 장님의 눈을 뜨게 하고 죽은 소녀를 살리는 기적을 행한 것은 '그리스도는 인간을 기적의 노예로 만들고 싶어하지 않는다'는 전체의 맥락으로 볼 때 다소의 모순이 아닌가 하는 생각도 든다.

무신론자인 둘째 이반이 말하고 수도사인 셋째 알료샤가 반박하는 형식의 이 '대심문관' 편에 대해 도스토옙스키 연구가 모출스키는 이렇게 분석한다.

"무신론자이며 사회적 유토피아의 창조자인 이반은 작가가 벨린스키와의 우정을 나누고 무신론적 사회주의에 빠져 있던 시기를 반영한다. 알료샤는 시베리아 유형을 마친 후 '신념의 갱생'이 일어나고 러시아 민중과 러시아의 그리스도를 발견했을 때의 작가를 상징한다.

우리 앞에 펼쳐진 『카라마조프 씨네 형제들』은 작가의 정신적 전기이자 그의 예술적 고백이다." (도스토옙스키2, 콘스탄틴 모츌스키, 김현택 옮김, 책세상, 2000)

'대심문관' 편은 그리스도에 대한 온갖 무신론적 비판에도 불구하고 (도스토옙스키에 의해) 오히려 기독교적 진리를 설파하는 장(場)이 되었다고 할 수 있다. 『카라마조프 씨네 형제들』의 '대심문관' 편은 이 소설이 불후의 명작이 되게 한 중요한 대목의 하나로 꼽힌다.

7. 황제 암살 사건

미래의 주인공 알료샤의 운명에 대한 조시마 장로의 예언

미완의 소설 『카라마조프 씨네 형제들』이 후편으로 이어졌을 때 작가가 주인공으로 설정했던 알료샤가 어떤 활약을 펼쳤을지는 짐작하기 쉽지 않다.

전편은 알료샤가 13년 전에 겪은 일들을 적은 것이며 소설 속에 집안의 막내로 수도사였던 그의 역할은 크지 않았다. 그러나 이미 수도원을

▲ 알렉산드르 2세

나온 그는 후편 소설에서 본격적인 주인공으로 활약을 펼칠 것으로 예상됐었다.

그의 운명에 관해서는 조시마 장로가 이렇게 예언을 한다.

만사는 하느님의 뜻에 달려 있는 것이고 또 우리 모두의 운명도 마찬가지겠지. <밀알 하나가 땅에 떨어져 죽지 않으면 한 알 그대로 남아 있고, 죽으면 많은 열매를 맺는다>(요한복음 12:24)라는 말씀이 있잖니. 이 말씀을 꼭 기억해 두거라. 그런데 알렉세이, 나는 평생 너와 같은 얼굴을 가진 사람들을 수없이 축복해 왔으니 이 사실을 잊지 말아라. 장로는 고요한 미소를 머금으며 말했다.

난 네가 이 담장 밖으로 나가더라도 속세에서 역시 수도사처럼 살아갈 거라고 생각하고 있어. 많은 반대자들이 있을 테지만 그 원수들조차 너를 사랑하게 될 거야. 인생이 너에게 많은 불행을 안겨 주겠지만 그로 인해 행복해질 것이고 인생을 축복할 것이며 결국 다른 사람들의 인생도 축복하게 될 테니, 그것이 무엇보다 중요한 사실이지. 너는 바로 그런 사람이란다.(『카라마조프 씨네 형제들』)

알료샤가 뭔가 커다란 활약을 펼칠 것임을 예고한 것으로 보인다. 이 소설의 맨 앞에 나오는 에피그라프(epigraph, 題辭 제사: 책이나 첫머리에 그 책과 관계되는 핵심 내용을 적은 글)가 요한복음 12장 24절이며 조시마 장로가 알료샤에게 그처럼 "한 알의 밀알이 되라~"는 말씀을 꼭 기억해 두라고 한 것은 (혼돈의 러시아 사회에서) 그에게 중대한 역할이 주어질 것임을 선언한 것이라고 할 수 있다. 소설의 후편이 쓰여졌다면 알료샤가 혁명가로 변신했을 것이란 얘기도 있지만, 과연 그랬을까?

알렉산드르 2세 암살 사건

도스토옙스키는 생전에 차르 알렉산드르 2세를 은인으로 생각했다. 만약에 도스토옙스키를 정치범으로 시베리아로 보낸 니콜라이 1세가 1855년에 죽지 않고 더 오래 살았다면, 도스토옙스키는 강제 군 복무 후에도 시베리아를 벗어나지 못한 채 그곳에서 생을 마쳤을지 모른다.

그런데 니콜라이 1세가 죽고 아들 알렉산드르 2세가 황제가 된 후 그는 아버지와 달리 정치범들에게 유화적인 조치를 취했다. 그중 가장 큰 것이 1825년 12월 데카브리스트(*12월 혁명당원이라고도 한다) 혁명의 실패로 시베리아에 유배 와있던 100명이 넘는 귀족 정치범들에게 수도로 돌아갈 수 있도록 사면령을 내린 것이다. 실로 30년 만의 일이다.

그리고 그같은 분위기가 도스토옙스키 같은 세대를 달리한 정치범들에게도 영향을 미쳤다. 그 덕에 도스토옙스키는 사병에서 장교대우 하사관(준위)으로 빠르게 승진할 수 있었다. 도스토옙스키와의 결혼 여부를 저울질 하던 마리야도 도스토옙스키의 그같은 신변 변화에 마음을 돌렸다. 도스토옙스키는 마리야와의 결혼을 위해 얼마나 애를 태웠는지 모른다. 그리고 법적으로 유형수는 형기를 마치더라도 시베리아에서 농민으로 생을 마치도록 돼있음에도 군 제대 후 상트페테르부르크로 돌아갈 수 있었다. 결혼과 수도로의 귀환은 당시로선 그야말로 크나큰 행운이었다. 도스토옙스키로서는 알렉산드르 2세가 은인이 아닐 수 없었다.

귀족출신 20대 여성이 암살 지휘

그런데 도스토옙스키가 죽고 나서 한 달 쯤 후인 1881년 3월 1일 차르 알렉산드르 2세가 과격 혁명 세력의 폭탄 공격을 받고 사망하는 사건이 발생했다.

알렉산드르 2세는 이날 마차를 타고 거리를 이동 중 이전에도 수차례 차르 암살을 기도해 온 인민주의 테러조직인 '인민의 의지당' 조직원들의 폭탄 공격을 받았다. 일요일이었던 그날 차르는 예배와 부대 사열식을 마치고 황궁으로 돌아가던 중이었다.

폭탄을 품에 안고 있던 '인민의 의지당' 조직원 중 한 사람이 차르의 마차가 예카테리나 운하(현재 이름은 그리보예도프 운하) 옆을 지날 때 첫 번째 폭탄을 던졌으나 마차를 맞추지 못한 채 폭발했다. 뭔가 터지는 소리가 나자 알렉산드르 2세는 무슨 일인지 알아보기 위해서 마차에서 내렸다. 이 때 근처의 또 다른 조직원이 차르 앞으로 달려들어 두 번째 폭탄을 던졌다. 이 폭발로 알렉산드르 2세는 중상을 입고 "궁으로 데려다 달라"고 한 뒤 의식을 잃었다. 차르는 궁에 도착 후 한시간 반 만에 사망했다. 두 번째 폭탄을 던진 조직원도 그 폭발로 현장에서 죽었다.

이날 공격을 지휘한 것은 소피야 페롭스카야라는 27세의 여성이었다. 원래 행동대장은 그의 남편인 안드레이 젤랴보프였는데 그가 거사 직전 체포되자 소피야 페롭스카야가 지휘를 이어 받았다.

소피야 페롭스카야는 마차의 진행방향을 보고 행동대원들에게 흰 손수건으로 신호를 보냈다. 그녀는 사건 직후 현장을 무사히 탈출했으나 며칠 후 상트페테르부르크 넵스키대로에서 체포됐다. 그녀는 아버지가 상트페테르부르크 주지사를 지낸 이름 있는 귀족가문 출신이었다. 그녀의 남편 안드레이 젤랴보프는 농노의 아들이다. 소피야는 10대 때 집을 뛰쳐나왔고 대학시절부터 혁명조직에 들어가 활동했다.

그녀를 비롯해 사건 가담자 6명이 체포되었다. 재판은 신속히 진행됐고 모두 사형선고를 받았다. 소피야 페롭스카야와 안드레이 젤랴보프 등 5명은 1881년 4월 13일 세묘노프스키 광장에서 교수형으로 처형됐다. 이날 처형되지 않은 한 명은 여성 조직원으로 임신 중이었는데, 당시 법에 따라 사형 집행이 미뤄졌다. 그녀는 옥중에서 출산을 한 후 사망했다. 세묘노프스키 광장은 1849년 도스토옙스키가 처형당할 뻔 했던 같은 장소다.

▼ 소피야 페롭스카야

도스토옙스키가 사형장에 갔을

▲ 교수형 직전의 황제 암살자들

때는 총살형이 준비됐었지만, 이번엔 교수형으로 이들을 처형했다. 이들의 목에는 '황제살해'라는 팻말이 걸렸다. 교수형을 집행할 때 조직원 중 한 사람은 한 번에 밧줄이 잘 조여지지 않아 두 번이나 목을 매는 일이 벌어졌다. 과거 1825년 12월 데카브리스트 혁명 실패 후 가담자 중 5명을 교수형에 처할 때도 똑같은 일이 벌어져 한 사람에게 형을 두 번 집행한 일이 있었다.

8. 황제 암살 미수 사건과 혁명가 레닌

계속된 황제 사냥

알렉산드르 2세 암살사건을 주도한 '인민의 의지당'에 가담한 사람들은 도스토옙스키 소설 『악령』(1872)의 모티브가 된 네차예프 사건의 주범 세르게이 네차예프의 무정부주의 견해에 동조하는 사람들이었다. 네차예프의 사상은 토지를 농민에게 넘겨줘야하며 국가는 파괴되어야 한다는 내용이었다고 한다.

네차예프와 같은 인민주의자들의 슬로건은 토지와 자유였다. '인민의 의지당'은 억압적 전체정치를 종식시켜 정치적 자유를 획득하며, 농민혁명을 성공시켜 토지를 농민들에게 분배한다는 것이 목표였다. 다시 말해 농촌에 기반을 둔 사회주의 국가의 건설이었다. 그같은 목표를 이루기 위해서는 무엇보다 차르를 제거해야 한다고 보고 알렉산드르 2세의 암살을 집요하게 추진해 왔다. 그들은 차르 암살 작전을 '황제(차르) 사냥'이라고 불렀다.

▼ 알렉산드르 3세 동상(이르쿠츠크)

알렉산드르 2세는 러시아 사회의 오래된 숙제였던 농노해방조치(1861년)를 취해 '해방자 알렉산드르'로도 불렸다. 그렇다고 체제 자체가 변화한 것은 아니었다. 농노해방에 대해서도 기만적이란 시각을 갖고 있는 사람들이 많이 있었다.

게르첸, 체르니셰프스키 등 당시 러시아의 사상가와 혁명가들은 러시아가 비인간적이고 격심한 빈부격차로 하층민이 더욱 비참해지는 유럽식 자본주의의 전철을 밟아서는 안 되며 농민공동체의 전통을 살려 사회주의로 나아가야 한다고 생각했다. 사회주의에 대한 생각은 당시 러시아 사회에 광범위하게 퍼져있었다.

1870년 대 후반에 쓰여진 『카라마조프 씨네 형제들』에도 사회주의는 어린 소년에 불과한 꼴랴의 입을 통해 이렇게 주장된다. 꼴랴는 친구와의 대화중에 자신이 사회주의자라고 말한다.

친구 스무로프가, "사회주의가 뭔데?"하고 묻자 꼴랴는, "만인이 평등하고, 모두가 재산을 공동으로 소유하고, 혼인 제도도 없고, 누구에게나 적합한 종교와 법이 존재하며, 거기에서는 다른 것들도 다 그런 식이지"라고 답한다.

도스토옙스키 자신은 사회주의와는 거리가 있는 사람이었지만, 소설 속에 그같이 표현한 것은, 당시 사회주의가 러시아의 미래라고 생각하는 사람들이 그만큼 많았다는 얘기이기도 하다.

적발된 알렉산드르 3세 암살음모

인민의 의지당은 마침내 차르 암살에 성공했지만, 이 사건에 대한 국내의 분위기는 싸늘했다. 인민주의자들은 차르가 죽으면 러시아 전역에 혁명의 불길이 본격적으로 솟아오를 것으로 확신했지만, 국민들은 오히려 죽은 알렉산드르 2세에 동정적이었다.

알렉산드르 2세 사망 후 아들 알렉산드르 3세가 즉위해 그나마 아버지 대에 취해 온 유화정책을 모조리 취소하고 전제정치를 강화하는 작업에 더욱 박차를 가했다. 제한적인 자유주의적 정책, 언론 자유 등은 억제되고 반정부 활동은 철저하게 탄압을 받았다.

그러던 중 1887년 알렉산드르 3세 암살음모가 적발됐다. '인민의 의지당' 후신 격인 인민주의 테러조직이 당국의 촉수에 걸려들었던 것이다.

▼ 상트페테르부르크 궁전광장 앞의 옛 참모본부 건물

▲ 블라디미르 레닌

거사 예정일은 6년 전과 같은 3월 1일이었다. 가담자들은 계획을 실행에 옮기지도 못한 채 체포됐다. 가담자들은 5월 8일 모두 교수형에 처해졌다. 이들 가운데 귀족의 아들이었던 니즈니노브고로드 출신 알렉산드르 울리야노프(1866~1887) 라는 21세의 대학생이 있었다.

알렉산드르 울리야노프는 장남이었는데 네 살 아래 동생이 후일 러시아 혁명을 이끈 블라디미르 레닌(1870~1924)이다. 레닌이 혁명 운동에 뛰어들게 된 것은 이같은 맏형의 죽음과 무관치 않다. 레닌은 레나강에서 따온 가명이며 본명은 블리디미르 일리치 울리야노프다.

한편, 알렉산드르 2세 차르 암살을 지휘한 소피야 페롭스카야는 정치범으로 사형 당한 러시아 최초의 여성으로 역사에 기록된다.

알렉산드르 2세가 암살된 운하 옆에는 알렉산드르 3세에 의해 '피의 구세주 성당'(공식명칭은 그리스도 부활 성당)이 세워졌다. 1883년 공사를 시작해 후계자 니콜라이 2세 때인 1907년 24년 만에 완공되었다. 화려한 모자이크 장식으로 유명한 이 성당은 지금 상트페테르부르크 관광명소의 하나다.

▲ 피의 구세주 성당

도스토옙스키가 살아있었다면…

만약에 도스토옙스키가 살아있었다면 알렉산드르 2세 암살 사건을 당연히 『카라마조프 씨네 형제들』 후편에 다뤘을 것이다. 그러면 그는 이 사건에 대해 어떤 입장을 취했을까? 『악령』에서 보는 것처럼 그는 과격한 혁명가들의 폭력적 방식에 동의하지 않았을 것이다. 알료샤의 역할에 대한 구상도 달라지지 않았을까 추측된다.

도스토옙스키는 1880년 11월 『카라마조프 씨네 형제들』 전편을 마무리 한 후 '앞으로 20년간 쓸 것들'에 대한 구상을 메모하기도 했지만, 그 후 석 달을 넘기지 못했다.

[작가 노트1]

도스토옙스키에게 영향을 준 작가들

톨스토이와 함께 19세기 러시아 문학을 이끈 양대 산맥의 하나로 불리는 도스토옙스키. 그의 인생과 작품에 영향을 준 작가들은 누구일까? 그가 최후의 작품을 썼던 〈스타라야루사 별장 박물관〉의 서재에 가면 그 답을 볼 수 있다.

페레리치차 강을 내려다 보는 서재에는 작은 책상과 소파, 아담한 서랍장 등이 놓여있고 한쪽 벽에는 네 사람의 작은 초상화가 걸려 있다. 그 초상화의 주인공들인 윌리엄 셰익스피어(영국, 1564~1616), 알렉산드르 푸시킨(러시아, 1799~1837), 오노레 드 발자크(프랑스, 1799~1850), 찰스 디킨스(영국, 1812~1870)가 그들이다.

초상화는 다이아몬드 형으로 배치되어 있는데, 맨 위에 푸시킨이 있고, 그 아래 좌우로 발자크와 디킨스, 그리고 아래에 셰익스피어가 있다. 그들이 도스토옙스키에게 가장 영향을 많이 준 작가들이라는 것이다.

셰익스피어는 도스토옙스키보다도 약 250년이나 앞선 작가이고, 『햄릿』『리어왕』『맥베스』『로미오와 줄리엣』『베니스의 상인』 등 그의 작품들은 인류의 고전이라 불릴만큼 워낙 유명하여 당시 유럽의 작가치고 누구도 셰익스피어의 영향권에서 벗어나 있는 사람이 없었으리라는 것은 쉽게 짐작할 수 있다.

▲ 위로부터 시계방향으로 푸시킨, 디킨스, 셰익스피어, 발자크

그리고 맨 위에 푸시킨이 걸려 있는 것은 그가 러시아 문학의 아버지로 불리는 인물일 뿐만 아니라 도스토옙스키가 10대 시절부터 그의 한 살 위 형 미하일과 함께 열렬히 흠모해 온 작가이기 때문일 것이다. 푸시킨의 주요 작품인 『예브게니 오네긴』 『대위의 딸』 그리고 그의 '삶이 그대를 속일지라도' 등 주옥같은 시(詩)들은 아직도 그 생명력을 유감없이 발휘하고 있다.

푸시킨은 도스토옙스키가 16세 때 상트페테르부르크에서 권총결투로 죽었다. 당시 38세였다. 그의 죽음에 몹시 흥분했던 도스토옙스키는 푸시킨이 죽은 그해 5월 상트페테르부르크의 공병학교에 입학하기 위해 한

▲ 푸시킨이 1837년 결투 직전 주스 한 잔을 마시고 갔다는 상트페테르부르크의 문학카페

살 위의 형 미하일과 함께 아버지를 따라 상트페테르부르크에 가면서 그곳에 도착하면 먼저 푸시킨이 결투한 장소와 죽은 아파트를 가 보자고 형과 약속했었다고 후일 그의 『작가일기』에 밝히기도 했다. 하지만 그가 그 장소들에 갔었다는 기록은 없다.

발자크의 경우는 도스토옙스키가 공병학교를 졸업하고 공병국 제도실에서 근무할 때인 1843년 12월, 발자크의 작품 『외제니 그랑데』를 번역한 일이 있을 정도로 그에게 심취했었다. 발자크의 주요 작품으로는 그 외에 『고리오 영감』 『골짜기의 백합』 등을 꼽는다.

디킨스는 제2의 셰익스피어로 불릴만큼 당대 최고 작가 중 한 사람이었다. 『크리스마스 캐럴』 『올리버 트위스트』 『데이비드 코퍼필드』 등이 널리 알려져있다. 이들 네 명의 작가 외에 『레 미제라블』을 쓴 프랑스 작가 빅토르 위고((1802~1885) 등이 추가될 법 하지만 박물관 서재 벽의 인물은 거기까지다.

[작가노트2]

단두대의 이슬로 사라진 청년 이야기

도스토옙스키의 장편소설 『카라마조프 씨네 형제들』 속에는 길고 짧은 많은 예화들이 자주 나온다. 어떤 것은 꽤 길어서 그런 것들은 '소설 속의 소설'이라고 부르기도 한다. 짧은 예화들도 많은데, 단두대의 이슬로 사라진 23세의 스위스 청년 리샤르의 이야기는 그 중 하나다.

리샤르는 누군가의 사생아로, 부모들은 여섯 살 밖에 안 된 그 아이를 스위스 산악 지방의 목동들에게 선물로 주어버렸다. 목동들은 일이나 부려먹을 심산으로 그 아이를 키웠다.

목동들의 손에서 야생 동물처럼 자라던 그 아이는 아무런 교육도 받지 못했고, 일곱 살 때부터 비가 오는 날이든 혹한이 심한 날이든 거의 헐벗고 굶주린 채 양치기로 내몰렸다. 목동들은 그 아이를 무슨 물건처럼 선물 받은 것으로 생각할 뿐 아무도 그 아이의 처지를 심각하게 여기지 않았다.

리샤르는 종종 시장에 내다 팔려고 사육하는 돼지의 사료라도 실컷 먹어보고 싶어서 훔쳐 먹었는데, 그들은 사료를 빼앗고 두들겨 패기만 했다는 것이다.

그 아이는 몸에 힘이 붙을 만큼 성장하자 도둑질을 하러 길을 떠나게 되었다. 리샤르는 제네바에서 날품팔이로 생계를 꾸려가기 시작했는데,

그나마 번 돈을 건달처럼 술 마시는데 탕진하다가 결국은 어느 노인에게 살인 강도짓을 하게 됐다. 그는 곧 체포돼 재판에서 사형을 선고 받았다.

그러자 감옥에는 목사들, 각종 기독교 사회단체들, 자선사업을 하는 귀부인 등이 줄을 섰다.

그들은 감옥에서 리샤르에게 글을 가르치고, 성서를 가르치고, 훈계하고, 설교하고, 위협을 가하기도 하고, 잔소리를 해대는 등 온갖 압력을 가했다. 그래서 리샤르는 마침내 진지하게 자기 죄를 자인하게 되었다.

그는 직접 편지를 써서 법정에 보냈다. 자신은 천하의 악당이지만 그리스도의 광명을 받고 은총을 입었노라는 내용이었다. 제네바 사람들은

▼ 이바노프 작 '민중앞에 나타난 그리스도'를 감상하는 관람객들(트레티야코프 미술관)

모두 흥분의 도가니에 빠졌다. 지체 높고 고상하다는 사람들은 모두 리샤르를 찾아 감옥으로 달려가서는 그를 얼싸안고 입맞추면서, "자넨 우리의 형제야, 자네에게 은총이 내린 거야"라고 떠들어댔다.

리샤르는 감격의 눈물을 흘리면서 "그렇습니다. 제게 은총이 내린 겁니다! 어린 시절이나 청년 시절에는 돼지죽을 먹는 것만으로도 제겐 기쁨이었는데 지금은 은총이 내렸으니 주님의 품에서 죽을 수 있게 되었습니다"라고 말했다.

마침내 최후의 날이 다가왔다. 리샤르는 눈물을 흘리면서, "오늘은 제 생애에서 가장 기쁜 날입니다. 주님께 가거든요!"

그러자 목사들, 판사들, 자선사업하는 귀부인들은 소리쳤다. "그래, 너한테는 가장 행복한 날이야, 주님께 가기 때문이지!"라고.

사람들은 마차를 타거나 걸어서 리샤르를 실은 죄수 마차를 따라 처형장까지 뒤쫓아 갔다. 그리고는 처형장에 도착하자, "어서 죽게 우리 형제여, 주님의 품안에서 죽으라고, 자넨 은총을 받았으니까!"라고 리샤르를 향해 소리치는 것이었다. 리샤르는 형제들의 입맞춤을 받으며 단두대로 끌려가 목이 잘리고 말았다. 소설의 표현을 그대로 인용하면 "리샤르가 처형대로 끌려가 기요틴 아래 놓이자, 그에게 은총이 내렸다는 이유 때문에 박애적으로 목이 잘리고 말았지"라고 되어 있다.

이 일화는 도스토옙스키가 소설 속에서 무신론자인 카라마조프 씨네 둘째 아들 이반의 입을 빌려 이야기한 것이다.

이반은, 리샤르 사건은 스위스의 민족성을 나타내는 것이지만 러시아에서는 그 사람이 우리 형제가 되고 은총을 받았다는 이유만으로 형제의 머리를 내리친다는 것은 넌센스라고 말한다.

▲ 단두대

19세기 당시 유럽에서는 18세기 말 프랑스 혁명 때부터 시작된 단두대 처형이 유행했다. 그러나 러시아에서는 사형수라 할지라도 대개는 감형조치로 시베리아 유형에 처해지는 것이 보통이었다. 1825년 데카브리스트 혁명 때 주동자 5명을 교수형에 처하고, 1881년 알렉산드르 2세 암살사건 가담자 5명에 대해 교수형을 집행한 이후 1887년 알렉산드르 3세 암살미수사건 때 가담자 5명을 교수형으로 처형한 사례가 있다. 러시아에서는 단두대는 사용되지 않았고, 사형집행 자체가 드물었다.

그래서 소설에서 "러시아에서라면 리샤르를 처형하지 않았을 것"이라고 말한 것이다.

정치범으로 사형선고를 받았던 도스토옙스키는 자신이 사형장에서 극적으로 시베리아 유형으로 감형된 경험을 한 사람이다. 총살형 직전에 목숨을 건졌다.

그리고 '생은 선물'이라고 생각하며 삶에 애착을 갖고 유형생활을 견뎌낸 이후 대문호의 길을 걸었다. 그는 만 59세 때 2~3일 폐출혈의 고통을 겪다가 임종을 맞았는데, 그가 죽을 때까지 '생은 선물'이라고 생각했는지는 알 수 없다.

그런데 예화의 젊은 주인공 리샤르의 경우 과연 '생은 선물'이었다고 말할 수 있을까.

'생이 선물'이라면 스스로 운명을 개척하고 자신이 주인이 되는 삶이어야 하지 않을까 하는 생각이 든다.

[작가노트3]

『카라마조프 씨네 형제들』의 산실 스타라야루사로 가는 길

야간 침대 열차를 타다

러시아에서의 여행이 언제나 그렇지만 『카라마조프 씨네 형제들』의 산실 도스토옙스키 별장 박물관이 있는 스타라야루사에 가는 길도 수월치 않았다. 모스크바에서 스타라야루사까지 곧장 가는 기차를 타면 한결 편했겠지만, 기차가 자주 없었고 그나마 우리의 일정과 맞지 않았다. 우리란 나와 전(前) 고리키문학대학 박정곤 교수다. 우리는 하는 수 없이 모스크바에서 월요일 밤에 노브고로드(벨리키 노브고로드)행 야간 열차를 탄 후 그곳에서 택시를 대절해 스타라야루사까지 가기로 했다.

열차는 모스크바에서 2018년 8월 27일 밤 10시 6분에 출발했다. 야간 침대열차다. 한잠 자고 아침 6시 25분에 노브고로드에 도착했다. 8시간 20분쯤 걸렸다. 노브고로드는 모스크바와 상트페테르부르크 중간에 있는데 상트페테르부르크에 더 가깝다. 이 열차는 노브고로드가 종착역이었다. 열차는 도중에 몇 군데 역에서 섰다.

모스크바에서 노브고로드까지의 거리는 약 560km이며 노브고로드에서 상트페테르부르크까지는 약 210km다. 우리가 탔던 열차는 보통 속도의 구식 열차였지만, 고속 열차는 700km가 넘는 모스크바-상트페테르

▲ 노브고로드역에 도착한 야간 침대열차

부르크를 4시간 안에 주파한다. 이 경우 거의 시속 200km로 달리는 셈이다. 속도는 이처럼 열차에 따라 크게 다르다.

예약한 열차의 침대칸은 이층 구조로 된 쿠페(4인 1실)다. 우리는 1층 침대표를 샀다. 2층 표는 조금 싸다고 한다. 우리는 남아있는 두 개의 2층 침대에 아무도 안 들어와 두 사람만의 편한 잠자리가 되길 바랐으나 그렇게 되지 않았다.

출발 직전에 20대 초반 정도로 보이는 젊은 여자가 객차까지 올라온 한 젊은 남성의 배웅을 받으며 들어왔다. 그녀는 우리에게 러시아말로 '안녕하세요'하고 인사를 하고는 바로 2층 침대로 올라갔다. 여자는 2층에 잠자리를 펴면서 박교수와 몇 마디를 나누었다. 러시아의 열차는 침대칸이라도 남녀 구분이 없다. 그래서 열차에서 우연히 만난 남녀 간에 연분이 생기기도 한다. 운이 나빠 술주정뱅이라도 만나면 골치아프다고 한다. 이미 늦은 시간이었으므로 우리는 이내 잠이 들었다. 잠결에 부스럭거리는 소리가 들렸다. 여자가 새벽 3시쯤 2층에서 살며시 내려와 방문을 열고 나갔다.

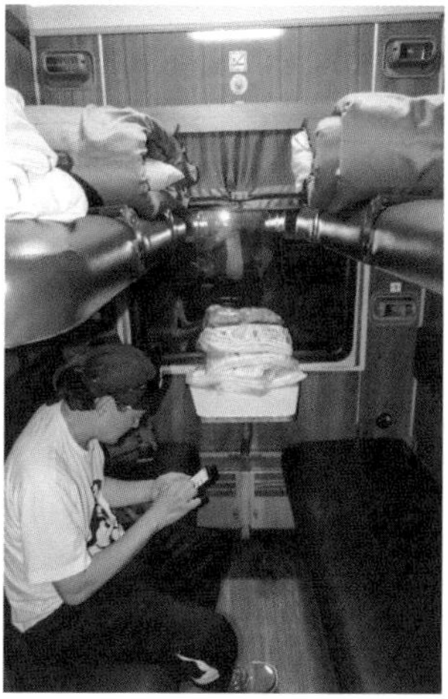

▲ 침대열차 내부

택시기사와의 흥정

노브고로드역에는 아침햇살이 밝게 비추고 있었다. 애당초 기대도 하지 않았지만, 역 앞에는 차를 마실 곳도 음식을 파는 곳도 눈에 띄지 않았다. 자칫하면 쫄쫄 굶을 판이다. (사실 기차에서 내리기 한 시간 전쯤 혹시나 해서 가지고 갔던 컵라면을 박 교수와 하나씩 먹어두긴 했다.) 식당과 카페가 즐비한 우리나라 기차역 앞을 상상하면 낭패다. 이같은 러시아의 사정을 잘 아는 박정곤 교수가 미리 스타라야루사에 잠시 쉴 수 있는 게스트하우스를 예약해 놓았다. 짐도 맡기고 밥도 해결하기 위해서다. 일단은 스타라야루사로 출발하기로 했다.

노브고로드에서 스타라야루사까지는 97km. 약 100km로 기억하면 편하다. 실제 지도상의 직선 거리는 절반 정도지만 커다란 일멘 호수를 우회해 가야하기 때문이다. 과거엔 노브고로드에서 스타라야루사까지 대개 선박으로 오갔다고 한다.

박정곤 교수가 역 앞의 택시기사와 흥정을 했다. 스타라야루사까지 1500루블(한화 약 3만원)에 가기로 했다. 1시간 20분쯤 걸린다고 했다. 이곳 택시기사의 흥정 방식을 이날 처음 알게 되었는데, 1km 당 20루블로 계산한단다. 스타라야루사는 약 1백km 이므로 이 계산법에 따르면 2000루블이다. 우리 돈 4만원이다. 그것을 흥정하여 깎은 것이다. 환율이 높았던 3~4년 전이라면 7~8만원 거리다. 택시안에서 속도계를 보니 시속 약 100km로 달리고 있었다. 역에서 아침 7시 10분에 출발했는데 스타라야루사에 도착하니 오전 8시 30분이다.

우리는 일단 게스트하우스로 들어갔다. 허름한 목조 이층집이다. 방에 가방과 배낭을 내려놓고 작은 주방에 차려놓은 아침을 먹었다. 수프와 흑빵과 흰빵, 치즈와 햄 몇 조각에 차가 전부였지만 아침으

▼ 스타라야루사의 도스토옙스키 동상 앞에서

로 부족하지는 않았다.

그리고는 곧바로 도스토옙스키가 50대에 주로 봄부터 가을을 보냈던 별장 박물관을 찾아갔다. 박물관으로 가는 길에 작은 공원에 있는 그의 동상을 만났다. 앉아서 뭔가 생각하는 모습으로 잘 만들어진 동상이었다. 도중에 도스토옙스키 가족이 다니던 정교회 성당도 있었다. 페레리치차 강은 멀지 않았다. 강변길을 따라 조금 걸어가니 마침내 사진을 통해 눈에 익은 녹색의 박물관 건물이 나타났다. 여기서 1시간 반 정도 유흐노비치 관장대행의 안내로 설명을 들었다.

수프와 빵 뿐인 식사도 감사할 일

도스토옙스키 별장 박물관을 나와 인근에 있는 새로 생긴 〈카라마조프 형제들 소설 박물관〉의 외관을 카메라에 담고 나니 1시 가까이 되었다.

게스트하우스로 돌아오는 길에 우리는 또 점심 걱정을 하지 않을 수 없었다. 도중에 식사를 할만한 곳이 전혀 없었기 때문이다. 박 교수가 게스트하우스에 전화를 해서 점심을 부탁했다.

전화를 끊고서 하는 말이 "수프와 빵 밖에 없다"고 한다는 것이었다. 게스트하우스도 기본적으로는 투숙객들에게 식사를 제공하는 체제가 아닌 것 같았다. 부탁하면 간단하게 차려주긴 하지만.

도착해 점심상을 보니 과연 간단했다. 흑빵과 흰빵 몇 조각과 야채 수프가 전부였다. 아침에는 치즈와 햄도 몇 조각 있었는데 그것마저 없었다. 완전 다이어트식이다. 이날은 아침과 점심을 그렇게 때웠다.

방값과 두 번에 걸친 식사값을 합친 요금은 노브고로드에서 스타라야루사까지 올 때의 택시비와 같았다. 우리는 두 번이나 식사를 해결하게 해준 데 대한 감사의 뜻으로 팁을 더 얹어 주었다. 러시아에서는 팁이 없는 것이 상례지만 그렇다고 더 주는 돈을 마다하는 사람은 없다.

노브고로드로 타고 갈 택시는 전화로 쉽게 연결되었다. 우리나라에서는 아직도 길에서 손 흔들어 택시 잡는 수가 많지만, 땅이 큰 러시아에서는 그런 식으로 택시를 잡기는 어렵다. 그래서 일반 승용차도 택시 연결망 즉 차량공유시스템에 가입을 할 경우 택시영업이 가능하도록 되어있다고 한다. 우리나라에서 영업용 택시에 타격을 줄까봐 아직까지 도입하지 못하고 있는 이른바 카풀 제도다.

스타라야루사에서 노브고로드로 돌아갈 때는 택시비를 올 때보다 조금 더 지불했다. 달리다 보니 도로 오른쪽 숲 사이로 일멘 호수가 보였다. 잠시 차를 세우게 하고 사진을 몇 장 찍었다. 호수 끝이 보이지 않았다. 꽤 넓은 호수다. 도스토옙스키 부인 안나의 회고록에 노브고로드에서 스타라야루사까지 호수를 빙 돌아 육로로 가면 80베르스타, 뱃길로는 40베르스타라고 적혀있다. 1베르스타가 1.0668km이므로 호수 폭이 최소 40km 이상 된다는 이야기다.

다시 열차를 타고 상트페테르부르크로

노브고로드에 도착하니 오후 4시다. 우리의 다음 목적지 상트페테르부르크행 저녁 열차는 두 시간 후인 6시 6분에 출발이다. 이 열차는 당초부터 사전 예약은 안되고 1시간 전에 와서 표를 끊어야 한다고 해서 스타라야루사에서 서둘러 온 것인데 나중에 보니 지정된 좌석이 없고 입석도 가능한 열차였다.

맥도날드가 역에서 조금 떨어진 곳에 있었다. 여기서 햄버거를 저녁으로 먹으며 티켓 창구가 문을 여는 5시까지 기다렸다. 시간이 되어 박 교수가 창구에 갔는데 한참만에 돌아왔다. 가 보니 벌써 줄이 길게 늘어서 있었다고 했다. 그래서 시간이 걸린 것이었다.

상트페테르부르크까지는 약 210km. 열차의 외관은 날씬한 고속철 타입이다. 내부는 우리나라 KTX 일반석처럼 생겼다. 중간에 어느 역에서 노인이 승차했는데 자리가 없어서 입구쪽에 서 있는 것을 보고 박정곤

▼ 상트페테르부르크로 가는 열차 안. 서 있는 이는 박정곤 교수

교수가 자리를 양보했다. 자리를 내준 잘 생긴 중년의 남성이 한국 사람인줄은 몰랐을 것이다.

여러 역에서 정차를 하는 바람에 가다 서다를 반복해 약 3시간 만에 상트페테르부르크에 도착했다. 도착역의 이름은 모스크바역이었다. (*러시아의 역 이름은 대개 가는 쪽 방향의 도시 이름을 다는 경우가 많다. 모스크바역이면 모스크바쪽으로 가는 열차가 출발하는 역이라는 뜻. 모스크바에서 북쪽인 노브고로드나 상트페테르부르크 쪽으로 갈 때는 상트페테르부르크의 옛 이름인 레닌그라드역에서 열차를 탄다.) 역주변의 화려한 야경이 우리를 맞아주었다.

제14부

안나의 수완 덕에 빚에서 해방되다

도스토옙스키가 유럽에서 돌아온 다음 해인 1872년, 온천휴양지 스타라야루사에 별장을 세낸 이유는 그곳에 온천이 있어 건강에 도움이 된다는 이유도 있지만, 상트페테르부르크에서는 빚쟁이들과 문인 친구들, 지인, 그리고 친척들의 잦은 방문 때문에 글쓰기에 집중하기 어려웠기 때문이었다는 것은 1권에서 이야기한 바 있다.

▼ 안나 그리고리예브나 도스토옙스카야

빚은 유럽에서 귀국할 때 무엇보다 큰 걱정거리였다. 유럽으로 떠나기 전 2만 루블 정도였던 빚은 그동안 이자가 붙어 2만 5천 루블 가량으로 늘어있었다. 모두 형 미하일이 남긴 빚이다. 도스토옙스키가 귀국했다는 소식이 전해지자 예상했던대로 빚쟁이들이 다시 몰려들기 시작했다.

빚쟁이와의 담판 : 채무자 감옥에 갔다 오라고 하겠다

미하일이 죽었을 때 어떤 사람은 미하일에게 차용증 없이 빌려준 것이라며 돈을 요구하기도 해 도스토옙스키가 그 말을 사실로 믿고 어음을 내준 일도 있었다. 돌아와 보니 그런 어음에도 똑같이 이자가 붙어 있었다.

형 미하일과 거래했던 독일인 힌터슈타인이란 채무자는 더 이상은 기다릴 수 없다며 도스토옙스키를 채무자 감옥에 집어 넣겠다고 협박했다. 그에게 갚아야 할 빚은 1,200루블이었다.

이 빚도 그의 부인이 형 미하일에게 차용증 없이 2천 루블을 빌려줬다며, 남편 모르게 빌려준 것이어서 남편이 알면 자기를 죽일 것이라면서 어음이라도 끊어 달라고 무릎꿇고 애원하는 바람에 마음 약한 도스토옙스키가 1천 루블짜리 어음 두 장을 내준 것이었다. 그 중 1천 루블은 1867년에 갚았지만, 나머지 1천 루블에 이자가 붙어 1200루블로 늘어나 있었던 것이다.

도스토옙스키는 힌터슈타인에게 먼저 100루블을 주고 나머지는 한 달에 50루블씩 갚으면 안되겠냐고 했다. 그러나 힌터슈타인은 자신이 유명 문인을 채무자 감옥에 집어넣을 수 있다는 것을 보여주겠다며 기세등등하게 으름장을 놓았다.

안나는 도스토옙스키로부터 그 이야기를 듣고 남편 모르게 채무자를 찾아갔다. 안나는 당시의 상황을 이렇게 회고했다.

그는 거만하게 나를 맞이하며 말했다. "돈을 내놓으시지, 아니면 일주일 뒤에 재산은 압류되어 공매로 팔리고 당신 남편은 따라 소프 건물(*채무자 감옥)에 갇힐 테니까."

"우리집은 표도르 미하일로비치 (도스토옙스키)의 명의가 아니라 내 명의로 빌렸어요" 내가 냉정하게 대답했다. "가구도 외상으로 할부해서 산 거예요. 지불이 끝날 때까지는 가구상 소유죠. 그러니까 그걸 차압하는 건 불가능해요." 나는 그에게 증거로 등기부 등본과 가구업자와의 계약서 사본을 보여주었다.

▲ 아들 페쨔와 딸 류보피

"채무자 감옥에 넣겠다고 협박하셨죠? 나는 말을 계속했다. "경고하겠는데, 만일 그렇게 되면 당신 빚의 만기일까지 그곳에 있으라고 내가 남편을 설득할 거예요. 내가 가까이 살면서 아이들을 데리고 그를 면회하고 일하게 도와주면 되니까요. 그러면 당신은 땡전 한 푼 못 받게 되죠. 그뿐이 아니죠. 당신은 '사식비'도 지불해야 해요. 장담하건대 당신은 고집을 부린 대가로 벌을 받을 거예요!"

그러자 힌터슈타인은 자기가 그렇게 오래 기다려줬건만 표도르 미하일로비치는 빚을 갚을 생각도 안하고 감사할 줄도 모른다고 불평하기 시작했다.

"아니, 당신이 그에게 감사해야죠." 내가 격분해서 말했다. "그가 당신 아내에게 빚 대금으로 어음을 준 것에 대해서 말이죠. 아마도 이미 다 갚은 빚이었을 텐데 말이에요. 표도르 미하일로비치가 그렇게 한 건 그가 마음이 넓고 동정심이 많아서예요. 당신 아내가 당신이 자기를 죽일 것라고 말했으니까요. 이래도 당신이 표도르 미하일로비치를 계속 협박한다면 나는 이 모든 사연을 글로 써서 『조국의 아들』지에 실을 거예요."

(…) 나의 다혈질이 이번에는 통했다. 이 독일인은 겁을 먹고 도대체 뭘 원하느냐고 물었다.

"어제 내 남편이 부탁한 대로 해요."

"좋소, 좋아. 돈을 줘요!"

나는 우리의 계약에 관한 상세한 영수증을 요구했다. 힌터슈타인이 뒤에 마음이 바뀌어 또다시 남편을 괴롭힐까 걱정되었기 때문이었다. 나는 승리를 쟁취하여 집에 돌아왔다. 당분간은 내 사랑하는 남편이 마음의 평정을 유지할 수 있을 것이었다. (『도스또예프스끼와 함께한 나날들』 안나 그리고리예브나 도스토옙스카야, 최호정 옮김, 그린북, 2003)

안나는 그뒤 다른 빚쟁이들과도 필요한 경우 힌터슈타인에게 썼던 방식으로 문제를 해결했다.

출판업을 시작한 안나의 결단

유럽에서 돌아온 다음해인 1872년부터 도스토옙스키 부부는 책을 직접 출판하면 어떨까하는 이야기를 나누기 시작했다.

도스토엡스키는 젊어서부터 자기의 작품을 직접 출판하는데 관심이 있었다. 안나도 유럽에서 살 때 종종 그런 이야기를 들은바 있어서 두 사람은 유럽에서 돌아와 마무리한 『악령』부터 직접 출판을 해보면 어떨까 생각했다. 안나는 인쇄소 주인과 서적판매상 등을 만나 출판에 드는 인쇄비 등 제반 비용과 유통과 판매에 따른 수수료 등을 다각도로 알아보았다.

종합적으로 분석해 본 결과 책을 직접 출판하더라도 서적판매상에 위탁할 경우 보관, 유통, 판매를 이유로 대개 책값의 50% 밖에 받지 못할 뿐 아니라 그 돈도 책이 판매된 한참 후에나 받을 수 있기 때문에 출판 원가를 빼고 나면 이익을 남기기 어려운 구조였다. 요즘식으로 말하면

▼ 도스토엡스키와 안나가 결혼식을 올린 상트페테르부르크의 이즈마일로프 성당

유통마진이 너무 커서 생산자는 이익은 커녕 자칫 손해보기 쉬운 상황이었다.

안나는 친지들에게도 소설을 직접 출판하는 문제에 관해 의견을 구했다. 친지들은 경험없는 사람은 반드시 실패한다면서 모르는 사업은 하지 말라고 충고했다. 빚만 더 늘어날 수 있다고 걱정했다. 이전에도 몇몇 저자들이 직접 책을 출판했지만, 대부분 실패로 끝나고 말았다. 그러나 도스토옙스키 부부는 『악령』의 출판을 강행하기로 했다. 물론 안나의 결단이 작용했다.

1873년 1월 20일. 인쇄 주문한 『악령』 3천권 중 5백권이 먼저 제본되어 집으로 왔다. 안나는 <목소리>지에 『악령』의 광고를 의뢰했고, 광고는 1월 22일자에 실렸다.

광고가 실리자 이날 오전부터 서점과 서적판매상에서 사람들이 집으로 찾아왔다. 안나는 이들과 1대1로 흥정을 했다. 10권은 20% 할인, 20권은 25% 할인, 50권은 30% 할인, 이런 식으로 책을 직접 팔았다. 현금으로만 판다는 원칙을 정해놓고 절대로 양보하지 않았다.

당시 악령의 권당 가격은 3.5루블이었다. 이를 위탁 판매할 경우 50%인 1.75루블밖에 받을 수 없지만, 20% 할인 가격으로 팔면 2.8루블을 받을 수 있었다. 그것도 모두 원칙대로 현금으로 받았다. 한권당 1루블 이상의 이익이 더 생기는 것이다. 서적판매는 첫날부터 성공적이었다.

도스토옙스키는 밤새 일을 하고 정오 무렵 잠을 깨는 습관이었는데, 이날은 오후 2시쯤 일어났다. 이때는 이미 150권을 판 상태였다.

잠에서 깨어난 도스토옙스키는 안나에게 "장사는 잘 되어가오? 한 권은 팔았겠지?"하고 농담처럼 물었다.

안나가, "한 권이 아니라 150권을 팔았어요." 하자 처음엔 그것을 농담으로 받아들였다. 도스토옙스키는 안나가 호주머니에서 지폐 다발을 꺼내 보여주자 그제서야 그것이 사실임을 알고 매우 흡족해 했다. 안나는 무엇보다 자신이 관심을 가질만한 일을 찾게 되었다는 것이 기뻤다.

귀국 후 안나는 돈벌이를 하기 위해 이전에 하던 속기일을 다시 하려고 몇 차례 시도했지만, 일거리가 상트페테르부르크가 아닌 다른 도시들에 있어서 번번이 가지 못하고 말았다. 그런데 이제 본격적으로 전력투구할 수 있는 자신의 일이 생긴 것이다.

▼ 스타라야루사 도스토옙스키 별장 박물관

처음으로 생활형편이 풀리다

안나는 그해 『악령』을 팔아 4천 루블 가량을 벌어들였다. 물론 협잡꾼들에게 다소의 손해를 본 경우도 있었다. 그래도 귀국 2년 후인 1873년은 도스토옙스키 부부에게 여러모로 경제적 형편이 풀린 해였다.

그 해 도스토옙스키가 보수 잡지 <시민>의 편집장을 맡게 되어 연봉으로 3천 루블을 받았다. (*<시민> 편집장으로 일한 기간은 1873년 봄부터 이듬해 봄까지 약 1년간이었다.) 그해 이런 저런 원고료로 도스토옙스키가 추가로 벌어들인 돈이 2천 루블 정도 되었다. 여기에다 『악령』의 이익금이 4천 루블 가량 되었으니 어림잡아 연수입이 9천 루블이다.

안나의 기록에 따르면 도스토옙스키 가족의 당시 1년 생활비는 3천 루블 가량이었다. (*안나는 회고록에서 3천 루블 이상이라고 했다. 여기에는 집세 7,8

▼ 별장 옆을 지나는 페레리치차 강

백 루블과 장작값 등 집에 들어가는 돈이 약 1천 루블 가량 포함되어있다.) 출판업의 시작으로 빚을 어느 정도 갚을 여유가 생긴 것이다.

이 사업을 계기로 안나의 지혜와 능력을 높이 사게된 도스토옙스키는 그 후 자신이 쓴 소설을 어느 잡지에 실으면 좋을까 하는 등의 문제도 안나와 상의 했다.

출판업을 시작한 1873년은 도스토옙스키 부부가 빚도 제법 갚았지만 처음으로 생계비 걱정에서 벗어난 해였다. 이처럼 경제적 사정이 차츰 호전되기 시작해 도스토옙스키는 비로소 안정된 상황 속에서 상트페테르부르크와 스타라야루사를 오가며 작품을 쓸 수 있었다.

『작가일기』 발행 때도 발휘된 안나의 능력

『미성년』을 완성한 후 1876년과 1877년에 도스토옙스키가 개인 잡지 『작가일기』를 발행했을 때도 안나가 인쇄업자와의 계약, 광고, 예약접수, 잡지발송 등을 관리했다. 살고 있는 아파트가 사무실이었으며 직원은 소년 급사 하나였다. 안나는 여기서도 이윤을 많이 냈다.

『작가일기』에는 문학 작품 뿐만 아니라 정치 평론, 사회 비평, 칼럼, 콩트 등 다양한 글들이 실렸다. 모두 도스토옙스키가 혼자 쓴 것이다. 이같은 1인 잡지는 세계문화사에 희귀한 일로 지금도 이같은 형태의 잡지를 생각하기는 쉽지 않다. 당시는 또 모든 원고를 검열 받아야 했다. 그러므로 마감 때가 되면 검열 때문에 가슴을 조려야 했다.

유명한 단편 '농부 마레이'도 『작가일기』 1876년 2월호에 들어있는 것이다. 조르주 상드에 대한 추도문이라고 할 수 있는 '조르주 상드의 죽음'과 '조르주 상드에 관한 몇 마디'는 『작가일기』 1876년 6월호에 함께 실려 있다. '국외여행, 기차에서 만난 러시아인들에 대한 몇 마디'는 1876년 7,8월 합본호에 들어있다. 이 때는 매달 또는 두 달치 합본호 등으로 잡지를 꾸준히 냈는데, 꽤 인기가 있었다. 1876년엔 발행부수가 4천 정도였는데 이듬해엔 6천에 육박했다.

도스토옙스키는 1876~77년 2년간 월간 형태로 『작가일기』를 발행하기 전인 1873년에도 『작가일기』를 낸 적이 있다. 여기에 '옛 사람들'이란 제목으로 과거 『가난한 사람들』로 그를 문단에 등단시켰던 당대 최고의 비평가 벨린스키에 대해 '그는 열정적인 사회주의자'였다며 이렇게 회고했다.

▼ 벨린스키(1811~1848)

"벨린스키는 기본적으로 반성 숙고하는 인물이 아니었다. 그러나 그는 전 생애를 끊임없는 열정으로 살았던 인물이었다. 나의 첫 소설 『가난한 사람들』이 그를 감격시켰던 적이 있다.(그러나 그 후, 약 1년 후 우리는 별 것 아닌 사소한 이유로 결별했다). 그렇지만 당시 우리가 서로 알게 된 초기에 그는 진심으로 내게 애착을 보이며 순진할 정도로 성급히 자신의 교의로 나를 이끌려 노력했다. (…) 나는 그가 진정 열정적인 사회주의

자임을 알게 되었고, 곧 그는 나와 무신론으로부터 시작했다. 그의 놀라운 통찰력과 하나의 관념에 깊이 천착해가는 비상한 능력은 내게 매우 인상적이었다."
(『작가의 일기』, 이길주 옮김, 지식을 만드는 지식, 2014)

벨린스키는 당대 최고의 비평가였으나 오래 살지 못했다. 도스토옙스키는 벨린스키가 당시(1840년대 후반) 자신이 결핵에 걸려있었다는 것을 알고 있었다고 밝혔다. 벨린스키는 1848년에 37세로 사망했다. 도스토옙스키는 작가일기에서 벨린스키와 자신은 서먹한 관계로 이별했지만 그의 가르침은 간직했다면서 곧바로 1850년 1월 유형길에 자기에게 성경책을 준 토볼스크에서 만난 데카브리스트 부인(*유형수가 된 남편들을 따라 시베리아로 온 귀족부인)들 이야기로 이어간다. 『러시아 문학기행』 1권 제3부에서의 인용과 일부 중복되지만 흐름상 어쩔 수가 없다.

"그(벨린스키)의 생애 마지막 해에 나는 그를 방문하지 않았다. 그는 나를 별로 좋아하지 않았다. 그러나 나는 그의 모든 가르침을 열렬히 품어 안았다.

또 한해가 지나고, 토볼스크에서 우리가 앞으로의 숙명을 기다리며 감옥의 호송 마당에 앉아 있을 때(1850년 1월) 12월 당원(데카브리스트)의 부인들이 간수들을 설득해 결국 그(간수)의 아파트에서 우리와의 비밀 만남을 이루어 내었던 것이다."

그리고 '4년간의 유형은 긴 세월의 학교였다'는 유명한 대목으로 『작

가일기』의 '옛 사람들'을 마무리 짓는다

『작가일기』는 매우 독특한 형태의 역사적인 잡지로 자리를 잡아갔지만, 1877년 도스토옙스키는 건강이 나빠져 『작가일기』의 작업을 제대로 하기 어려웠다. 또한 그의 마음 속에는 빅토르 위고의 『레 미제라블』 같은 대작에 대한 욕망이 지속적으로 숨을 쉬고 있었다.

도스토옙스키는 마침내 1877년 10월호에 건강상의 이유와 새로운 작품의 창작을 위해 12월호를 끝으로 『작가일기』의 발행을 중단한다고 독자들에게 밝혔다. 그 새로운 작품이 바로 『카라마조프 씨네 형제들』이다. 『작가일기』는 그 뒤 1880년과 1881년 한차례씩 발간됐다.

『작가일기』를 통해서도 제법 돈을 번 안나는 남편의 빚을 부지런히 갚았다. 마침내 도스토옙스키가 죽기 직전인 1881년 초까지 모든 빚을 다 갚게 되었다.

결혼 전 속기사로서 도스토옙스키와 인연을 갖게 되었던 안나는 결혼 후에도 도스토옙스키의 작품들을 받아쓰는 작업을 즐겁게 계속했다. 보통 새벽에 잠자리에 드는 도스토옙스키는 낮에 일어난 후 오후에 안나를 서재로 불러 밤새 써 놓은 것을 구술했다. 안나가 속기를 한 후 다시 정서를 하면 도스토옙스키가 교정을 보았다. 그리고 안나가 다시 교정 본 원고를 정서한 후 원고를 인쇄소로 보냈다. 안나는 속기 작업으로 남편을 지속적으로 도울 수 있다는 것을 언제나 기쁘게 생각했다. 도스토옙스키가 안나와 결혼 후 잇단 장편 대작들을 내놓은 것은 이러한 아내의 내조 덕이었다.

의처증 증세

도스토옙스키는 약간의 의처증 증세도 있었다. 아내가 스물다섯살이나 어리니 그랬는지 모른다. 나이 고하를 막론하고 누가 안나에게 조금만 친절하게 대해도 질투심을 이기지 못해 드러내놓고 화를 냈다. 도스토옙스키는 자신이 무대에서 낭독이나 강연을 할 때 안나가 청중석에 제대로 앉아있는지를 눈으로 확인을 해야 안심을 했다.

안나는 그러는 도스토옙스키가 창피하고 화가 났지만 그래도 그를 이해했다. 도스토옙스키는 자신의 흥분이 가라앉으면 안나에게 자신의 행위를 사과하고 다시는 질투하지 않겠다고 다짐했지만 그 다짐은 지켜지지 못했다. 그렇지만 도스토옙스키는 언제나 안나의 모든 능력을 높이 인정하고 고마워했다.

▼ 도스토옙스키(1821~1881)

도스토옙스키는 1870년대 후반, 요양 치료를 위해 독일 엠스에 갔을 때 안나에게 보낸 편지에서 이렇게 썼다.

나의 사랑하는 이여, 무엇 때문에 당신은 <범인>이라고 스스로 생각하고 있소? 당신은 회유의 여인이며 더욱이 누구보다도 훌륭하고. 당신은 당신의 능력을 믿지 않는구려. 당신은 우리 집안 전부와 내 사업을 꾸려 나갈 뿐 아니라 우리 모두를, 나로부터 알료샤에 이르기까지 변덕스럽고 지쳐빠진 우리를 당신 등에 져 나르고 있고. (이 편지는 막내가 살아있던 짧은 기간 중에 쓰인 것이다.) ……당신이 여왕으로 태어나 왕국 하나를 전부 떠맡는다 해도 당신은 어느 누구보다 더 잘 다스릴 것이오 —당신은 그처럼 풍부한 재주와 양식과 선의와 운영 능력을 소유하고 있소. (E.H.카, 『도스또예프스끼 평전』)

서적 판매상을 열기도 했지만…

출판업의 성공으로 자신감을 얻은 안나는 1880년 초에 'F. M. 도스토옙스키 서적 판매상'이란 이름으로 서적 유통업을 시작했다. 사업 범위를 넓힌 것이다. 다른 도시에 사는 사람들을 대상으로 하는 서적상이다. 상호는 도스토옙스키지만 물론 안나가 주도적으로 한 일이다. 가게를 얻지 않고 집에서도 할 수 있었기 때문이었다.

그동안 빚은 많이 갚았으나 비축해 둔 돈은 없었다. 폐기종의 악화로 도스토옙스키의 건강 상태가 점점 나빠지고 있어서 갑자기 집필을 할 수 없는 상태가 되면 수입이 끊어질 수 있기 때문에 그것을 대비한 준비이기도 했다. 서적판매상은 소규모였으나 도스토옙스키란 이름 덕에 -큰 돈을 벌어들이는 것은 아니었지만 사업은 순조로웠다. 이 사업은 도스토옙스키가 1년 후 갑자기 사망하는 바람에 중단되었다. 그대로 계속되었다면 꽤 성장할 수 있는 것이었다. 안나는 후일 그 점을 아쉬워했다.

안나는 도스토옙스키 사후, 남편의 이름을 건 이 회사를 다른 사람에게 넘기지 않고 장례를 치른 한 달 후인 1881년 3월초 그대로 문을 닫았다. 도스토옙스키의 명예를 지키기 위해서였다. 안나는 그후 남편의 작품 전집을 출판하는 일에 전력을 다했다.

안나, 톨스토이 부인에게 출판업의 '비밀'을 알려주다

안나가 도스토옙스키 전집에 대한 출판을 성공적으로 해나가고 있다는 소문을 듣고 안나를 찾아 온 사람이 있었다. 톨스토이 부인 소피야 안드레예브나 톨스타야(1844~1919) 백작 부인이다. 1885년의 일이다. 소피야는 안나에게, 자기도 남편의 책을 직접 출판하고 싶어 조언을 듣고자 왔다고 했다. 그 때까지 출판을 서적판매상에 맡겨왔는데, 인세가 적었다고 했다.

▼ 모스크바 하모브니키 톨스토이 저택 정원에 세워져있는 노년의 톨스토이 부부 사진

안나는 처음 만난 사이지만, 소피야에게 출판과 관련한 많은 '비밀'들을 솔직히 말해 주었다. 자신이 실패했던 사례들도 말해주고, 그녀가 낸 책의 광고 샘플들도 주

었다.

첫 날의 만남 이후에도 몇 차례 더 만남이 이어졌다. 안나는 회고록에서 "정말 기쁘게도, 출판인으로서의 내 조언이 유용해 그녀(소피야)의 출판은 눈부신 성공을 거두고 많은 이익을 남겼다. 그때부터 20여 년 동안 백작 부인은 자신이 직접 백작의 저작들을 출판하여 큰 성공을 거두었다"고 말했다.

두 사람은 오랫동안 친하게 지냈다. 소피야와 안나(1846~1918)는 나이 차이도 두 살 밖에 안났다. 안나는 "소피야 안드레예브나 백작 부인은 천재적인 자기 남편(톨스토이)의 수호천사였다"고 회고록에 썼다.

그런데 정작 톨스토이는 소피야가 출판업을 하려는데 대해 반대했었다고 한다. 그러나 소피야는 1885년 3월부터 모스크바 저택의 헛간을 고쳐 출판사 사무실로 만들고 출판업을 시작했다.

안나가 만난 톨스토이

안나는 어느 겨울 날 모스크바의 톨스토이 저택으로 소피야를 보러 갔다가 톨스토이를 만나게 되었다. 아마도 톨스토이가 모스크바에 올 때 머무는 하모브니키 저택이었을 것이다. 앞에서 말한 것처럼 이 저택도 지금 톨스토이 박물관의 하나로 개방되어 있다.

이날 톨스토이는 도스토옙스키의 미망인 안나가 와있다는 것을 알고는 소피야에게 안나를 만나고 싶다고 하였다. 안나는 소피야의 안내로 톨스토이의 방으로 들어갔다. 백작은 푸른 색 상의를 입고 소파에 앉아

있다가 안나를 반갑게 맞았다.

톨스토이는 안나에게 "이렇게 놀라울 수가 있소. 우리나라 작가들의 아내는 어쩜 이렇게 남편들을 닮았단 말이오!"하며 기쁨의 탄성을 질렀다. 안나는 톨스토이의 이말이 생뚱맞은 거짓말이라고 생각했지만, 이를 매우 기쁜 마음으로 받아들였다.

톨스토이는 베개 같은 것으로 가슴을 감싸고 있었다. 당시 톨스토이는 간 질환으로 기력이 쇠한 상태였다. 톨스토이는 생전에 도스토옙스키를 한번도 만나지 못한 것이 유감스럽다고 했다. 그러면서 안나에게 남편이 어떤 사람으로 마음과 기억 속에 남아 있는지 말해달라고 감동적인 어조로 부탁했다. 안나는 감격에 겨워 이렇게 말했다.

▼ 톨스토이의 모스크바 하모브니키 저택

"제 소중한 남편은, 이상적인 인간 그 자체였답니다! 인간의 아름다움을 돋보이게 하는 지고의 도덕과 종교적인 품성에서 그이는 가장 높은 경지에 달한 사람입니다. 그이는 선량하고 마음이 넓고 가슴이 따뜻한 사람이었죠. 정의롭고 사심이 없으면서도 섬세하고 자비로운 사람이었어요. 세상 누구도 그이 같은 사람은 없답니다! 그 사람의 강직하고도 고결한 심성 때문에 그토록 많은 적이 생겼죠! 남편을 떠난 사람 중에 이러저러한 형태로 남편의 조언과 위로, 도움을 받지 않은 사람이 한 사람이라도 있었나요? 물론 그가 발작을 일으킨 후 몸이 안 좋은 상태거나, 아니면 고통스러운 작업을 하고 있을 때 그를 만나게 되면 그는 엄격한 모습이었겠죠. 하지만 그의 도움을 필요로 하는 사람을 만나면 그런 엄격함은 순식간에 선량함으로 바뀌곤 했답니다…."(『도스또예프스끼와 함께한 나날들』)

톨스토이는 이러한 안나의 말을 듣고, "도스토옙스키는 언제나 내게 진정한 그리스도의 감정으로 충만한 사람으로 생각되었다"고 말했다. 안나는 "이 사람(톨스토이)은 사람의 마음을 사로잡을 줄 아는 능력의 소유자로구나" 하고 느꼈다. 안나가 톨스토이를 만난 것은 그 한번 뿐이었다. 그후 안나는 소피야가 야스나야 폴랴나의 영지로 그녀를 여러번 초대했지만 "톨스토이를 처음 만났을 때 느꼈던 황홀함이 사라지게 될까봐 두려워 가지 않았다"고 회고록에 남겼다.

[작가노트]

전 세계 여인들은 상복을 입고 그녀를 애도해야 - 도스토옙스키의 조르주 상드에 대한 추모의 글

남녀 평등을 주장했던 조르주 상드

본문에서 언급한 『작가일기』에 도스토옙스키는 프랑스의 조르주 상드(1804~1876)의 죽음에 대해 두 편의 추모의 글을 실었다.

조르주 상드의 본명은 오로르 뒤팽이다. 그녀는 당대 프랑스 뿐 아니라 전 유럽의 대표적 여성 작가였다. 그녀는 귀족 집안에서 태어나 1822년 18세 때 카지미르 뒤드방 남작과 결혼했으나 남편의 권위에 복종할 생각이 전혀 없는 결혼생활이 원만할 리 없었다. 결국 27세 때인 1831년 그녀는 두 아이를 데리고 남편을 떠난다.

▼ 조르주 상드

그 이듬해 1832년 그녀는 작품 『앵디아나』를 '조르주 상드'라는 필명으로 출판해 평론가들의 찬사를 받으면서 단번에 유명인사가 됐다. 여성 작가를 우습게 알던 당시 조르주 상드는 바지를 입은 남장을 하고 담배를 물고 문학 살롱에 드나들었으며 세인

의 비방에 개의치 않았다. 필명 조르주는 남자 이름이다.

조르주 상드는 많은 작품을 썼는데, 그녀의 창작 속도는 발자크(1799~1850)에 비교될 정도였다. 그녀의 작품 가운데는 억압받는 여성 운명에 대한 것이 많았다. 그녀는 남녀평등을 주장했고 여성해방 운동의 길을 열었다.

그녀는 재혼을 하지 않았으나 남자들과 잘 어울렸고 젊은 남자들과 연인 관계를 갖기도 했다. 그 중 유명한 사람이 피아니스트이자 작곡가인 쇼팽과 시인 뮈세다. 이 두 사람은 모두 그녀보다 나이가 어렸다. 같은 시기에 두 사람을 사귀었던 것은 아니다. 그녀는 『마담 보바리』의 작가 플로베르와도 우정을 나눴다.

조르주 상드는 만년에 노앙의 별장에서 전원생활을 즐기며 조용히 지냈다. 그녀는 1876년 6월 72세를 일기로 세상을 떠났다.

『작가일기』에 실린 두 편의 추모글

도스토옙스키는 조르주 상드의 소설을 16세 때 읽고 깊은 감동을 받았으며 만난 적은 없지만 그녀에 대해 평생 존경심을 가졌다. 그는 그녀가 사망한 후 자신의 1인 잡지 『작가일기』에 실은 두 편의 추모의 글에서 "지난날 이 시인은 나에게 얼마나 많은 기쁨과 행복을 주었던가"라며 "(그녀는) 가장 총명하고 굳세며 정의로운 대표적 지식인"이었다고 칭송하면서 "전세계 여인들은 지금 상복을 입고 그녀를 애도해야 한다"고까지 말했다. 도스토옙스키가 조르주 상드에 대해 얼마나 애틋한 감정을 갖고 있었는지를 알 수 있다. 추모의 글 중 몇 개의 문장을 여기에 인용한다.

"지난날 이 시인은 나에게 얼마나 많은 환희와 존경심을 불러일으켰으며, 또 얼마나 많은 기쁨과 행복을 주었던가! 나는 지금 조금도 주저하지 않고 이 말들을 당당하게 쓰고 있다. 그것은 모두 사실이기 때문이다."(『작가의 일기』 1876년 6월호 중 '조르주 상드의 죽음', 이길주 옮김, 지식을만드는지식, 2014)

"그녀의 작품이 러시아어로 번역 출간될 때는 1830년대 중반경이었다. 유감스럽게도 나는 정확하게 언제 어떠한 작품이 처음으로 번역되었는지는 알지 못하지만, 그때 큰 감명을 받았던게 틀림없다. 내 생각에 당시 모든 사람들은 청년이었던 나처럼 그 전형과 이상의 순결함, 엄격하고 절도 있는 이야기의 겸허한 어조의 매력에 빠져 있었다. 그런데 그 여인이 바지를 입고 다니고 음란한 짓을 하다니!(*프랑스에서 조르주 상드를 비난하는 사람들이 퍼뜨린 것) 내가 열여섯 살에 처음으로 읽은 소설 『위스코크』는 더 할 수 없이 매혹적인 그녀의 초기 작품 중 하나였다고 생각한다. 지금도 그 때 그것을 읽고 밤새도록 열에 들떴던 것을 기억한다. 내 기억이 맞는다면 조르주 상드는 아마도, 당시 전 유럽에 갑자기 명성을 떨친 많은 새로

▼ 노년의 조르주 상드

운 작가군 속에서도 우리나라에서 줄곧 최고의 위치를 차지했던 작가였다. 당시 거의 동시에 우리나라에 나타났던 디킨스조차도 그녀보다 세인들의 관심을 덜 받았다." (『작가일기』 1876년 6월호 중, '조르주 상드에 관한 몇 마디')

"유럽인들은 그녀를 여성의 새로운 위치를 선전하고 '자유로운 아내의 권리'에 대해 예언하는 사람이라고 말했다. (…) 당연히 전 세계의 여인들은 지금 상복을 입고 그녀를 애도해야 한다. 그들의 가장 숭고하고 아름다운 대표자가 작고했기 때문이다. 더구나 그녀는 정신과 재능의 힘에서 거의 전례가 없는 여인이며, 그 이름은 벌써 역사에 남았다." ('조르주 상드에 관한 몇 마디')

조르주 상드는 당시 러시아의 소설에 강렬한 영향을 미쳤다. 벨린스키도 존경한 인물이었다고 도스토옙스키는 말했다. 조르주 상드는 소설, 희곡, 수필 등을 주로 썼는데 도스토옙스키는 그녀를 시인이라고 칭했다. 1인 잡지였던 『작가일기』가 아니었다면 그처럼 편안하게 조르주 상드에 대한 자신의 생각을 밝히는 글을 남기기는 쉽지 않았을 것이다.

제15부

도스토옙스키의 최후

중노동 상태에 있다고 호소하다

도스토옙스키는 1880년 6월, 모스크바에서 열린 푸시킨 동상 제막식에서 연설을 했다. 푸시킨에 관한 그의 연설은 참석자들로부터 예상을 넘어서는 열렬한 호응을 받았다. 연설이 끝나자 사람들이 몰려와 악수를 청했고, 여자들은 그의 손에 키스를 해댔다. 스타라야루사에서 작성한 연설원고였다.

그는 한껏 높아진 자신의 대중적 인기를 확인한 후 매우 들뜬 기분으로 22일 만에 스타라야루사로 돌아왔다. 그의 연설원고는 그후 <러시아 통보>에 실린데 이어 『작가일기』에도 게재됐다. 도스토옙스키는 2년 전 『카라마조프 씨네 형제들』의 집필을 본격적으로 시작하면서 『작

▼ 푸시킨 동상 제막식(1880년 6월)

가일기』의 발행을 중단했다가 1880년 『작가일기』를 한 번 발행했다.

도스토옙스키는 『카라마조프 씨네 형제들』의 마무리에 박차를 가했다. 소설을 완결지은 것은 11월이었다.

빚도 거의 다 갚아가 마음이 한결 홀가분한 상태였다. 생애 최고의 전성기라고 할만한 해였다.

그런데 인기가 치솟자 문제도 많이 생겼다. 갖가지 사람이 주위에 들끓었고 각종 초청과 부탁도 끊이지 않았다. 또 그와 관련해 작업할 것이 많아지면서 자연히 과로를 하게 되었다.

도스토옙스키는 1880년 10월 15일 P. Ye. 구세바가 보낸 편지에 대한 늦은 답신에서 자신은 지금 중노동상태에 있다며 지금보다는 시베리아 유형지에서의 삶이 오히려 견딜만 했다면서 당시 처해있던 힘든 상황을 이렇게 호소했다.

▼ 도스토옙스키 문학 전시회 포스터

"당신께 답을 해드리지 못했습니다. 왜 그랬는지 아시나요? 누군가 중노동형을 받았다면 그 사람은 바로 접니다. 저는 시베리아에서 4년간 살았지만(*유형소에서 4년간 지낸 것을 말함, 시베리아에서 산 전체 기간은 약 10년이다.) 그곳에서의 일과 삶은 지금에 비하면 오히려 견딜만 했습니다. 6월 15일부터 10월 1일까지 저는 인쇄 전지로 총 스무 장 분량의 소설

원고를 완성하고, 인쇄 전지 세 장 분량의 <작가일기>를 발표했답니다. (…) 그래서 문자 그대로 밤낮 없이 앉아 글만 쓰고 있답니다……

제가 책 한 권, 신문 한 장도 읽을 시간이 없을 정도로 바쁘게 시간을 보낸다면 믿으시겠습니까? 아이들하고 얘기를 나누는 것조차 불가능하고, 그래서 얘기도 못 나누고 있습니다. 그리고 건강은 당신이 상상도 못할 만큼 무척 나쁩니다. 호흡기 감기로 기도 부분이 부어올랐는데, 치료가 불가능하다고 합니다. 들이마시는 공기의 양이 적으니 숨이 막힙니다. 제가 살 수 있는 날이 얼마 남지 않은 것 같습니다. 몸을 혹사하다보니 나쁜 건강이 더욱 악화되는 것 같습니다. 저는 다른 일들은 다 제쳐두고, 혼자 생각하는 시간까지도 아끼면서 글쓰기에 매달려 있습니다.

지금은 아침 6시인데, 밖은 아직도 깜깜합니다. 도시는 잠에서 깨어나고 있지만, 저는 아직 잠자리에도 들지 못했습니다. 그런데 의사들은 글 쓰는 일로 몸을 힘들게 해서는 안 된다고 하면서, 밤에는 반드시 잠을 자고 하루에 책상 앞에 10~12시간 동안 앉아 있으면 안된다고 말합니다. 제가 왜 밤에 글을 쓰는지 아세요? 잠깐 눈을 붙이고 오후 1시에 일어나면, 이 사람 저 사람 줄지어 찾아 오거든요. 한 사람이 와서 무슨 부탁을 하고 나가면 , 다음 사람이 또다른 부탁을 하고, 또다른 사람이 들어옵니다. (…) 그게 전부가 아닙니다. 대학생, 여대생, 고등학생, 그리고 자선단체의 대표들이 찾아와 문학의 밤에서 낭송을 해달라는 것입니다.

도대체 언제 생각을 하고, 언제 일을 하고, 또 언제 독서를 할 수 있단 말입니까? 삶은 언제 살고요? 이런 얘기를 꺼내서 죄송합니다. 저는 너무 지쳐서 고통스럽고 신경이 극도로 날카로워졌습니다. 문자 그대로 문학계 전체가 제게 적대

적입니다, 저를 사랑해주는 것은 러시아 전역의 독자들뿐입니다." (『도스토예프스키2』, 콘스탄틴 모출스키, 김현택 옮김, 책세상, 2000)

사실 도스토옙스키의 건강은 이처럼 과로해서는 안 될 상태였다. 이미 전 해(1879년) 말 의사인 안나의 사촌 오빠 미하일 스니뜨낀이 도스토옙스키의 흉부를 진찰 한 후 도스토옙스키에게는 "무난히 겨울을 날 수 있을 것"이라고 말했으나 안나에게는 "위험할 수도 있다"고 말했다. 의사는 도스토옙스키의 폐기종이 더 악화됐으며, 지금의 상태로는 생명이 위험할 수도 있다고 했다.

그는 도스토옙스키의 혈관들이 너무 가늘고 약해졌기 때문에 어떤 물리적인 압박을 받으면 언제든지 터질 가능성이 있다고, 따라서 과격한 운동을 하거나 무거운 물건들을 들고 옮기는 일을 해서는 안 된다고 했다. 또 그는 좋은 일로든 나쁜 일로든 모든 흥분은 금물이라고 도스토옙스키에게 충고한 사실도 안나에게 말해주었다.

늘 빚에 쪼들렸던 도스토옙스키는 언제나 선금을 받고 원고를 썼으며 마감에 맞추느라 쫓기듯 글을 썼다. 그가 경제적 여유가 있어서 톨스토이처럼 느긋하게 작품을 썼더라면 더 훌륭한 작품들을 남겼을지 모른다는 얘기도 있지만, 그건 알 수 없는 일이다. 도스토옙스키는 돈이 있을 때는 펜을 잡지 않았다는 기록도 있다. 그의 천재성은 쫓기며 썼기 때문에 발휘되었을지도 모른다.

▲ 도스토옙스키의 서재

『카라마조프 씨네 형제들』에 운명을 걸다

앞서 1878년 7월 독일의 온천 휴양지 엠스로 단기간 요양을 갔을 때는 주치의 오르트씨가 도스토옙스키를 진찰 한 후, "폐기종 때문에 그의 폐포가 심하게 늘어나 변형되면서 심장에까지 영향을 미쳐 심장의 위치까지 바뀌었다"고 말했다고 도스토옙스키는 안나에게 보낸 7월 25일자 편지에 적었다. 도스토옙스키는 1879년에도 엠스에 갔는데, 안나에게 보낸 8월 13일자 편지에서는 이렇게 썼다.

"내 사랑하는 사람, 나는 계속해서 나의 죽음(여기에서는 아주 심하게 생각하게 되오)을 그리고 당신과 아이들에겐 무엇을 남겨줄 것인가를 생각하고 있소. 모두들 우리가 돈이 있다고 생각하지만 우리에겐 아무 것도 없소, 지금 나는 까라마조프를 놓고 씨름하고 있소. 보석같이 다듬어서 유종의 미를 거두어야 하는데, 시실 어렵고 모험을 감수하는 일이어서 많은 힘을 소진하고 있소. 하지만 이건 또한 운명을 건 작업이오. 이 소설이 내 이름을 확고히 다져주어야 하오.

그렇지 않으면 아무런 희망도 없소. 소설을 탈고하여 내년 말에는 『작가일기』의 구독 신청 공고를 낼 거요. 그래서 구독료로는 영지를 구입하고, 생활비와 『작가일기』 다음 호의 출판비는 책 판매대금으로 어떻게든 꾸려가 볼 생각이오. 강력한 대책을 취해야지. (…) 부동산은 아이들이 자랐을 때 자산이 되어줄 것이라는 것과 땅을 소유한 자는 국가의 정치권력도 나누어 소유한다는 것이 그것이오."

도스토옙스키는 말년에 어떻게 영지를 살 것인가 하는 문제를 많이 생각했다. 그러나 안나는 영지를 사서 아이들의 장래를 보장해준다는 생각은 실현 불가능한 것으로 생각했다. 영지를 구입한다고 해도 영지를 관리할 사람이 없어 남에게 맡길 경우 문제만 일으킬 뿐 아무런 이득이 없다는 것을 주위 사람들의 경우를 통해서 많이 보아왔기 때문이었다.

도스토옙스키의 생애에서 가장 좋은 해였다고 할 수 있는 1880년이 지나고 1881년 새해를 맞았다. 도스토옙스키의 인기는 절정을 달리고 있었다. 도스토옙스키는 『카라마조프 씨네 형제들』을 마무리한 후 앞으로 20년간 쓸 작품에 대해서도 메모를 해두었다. 그러던 중 1881년 1월 26일 기어코 우려하던 일이 일어났다. 앞에서 말한 두 가지 금해야 할 일이 한

꺼번에 터진 것이다.

절정기에 찾아온 죽음의 사자 -힘쓰는 일은 안 된다고 했는데…

1881년 1월 25일 밤 상트페테르부르크 쿠즈네치느이 거리 5번지 아파트의 서재. 그날도 도스토옙스키는 평소처럼 온 가족이 잠든 밤중부터 다음날 새벽까지 일을 했다. 26일에도 다른 날처럼 오후 1시쯤 일어났다. 안나가 서재에 들어갔을 때 도스토옙스키는 안나에게 간밤에 작은 사고가 있었다면서, 펜대가 책상에서 굴러 떨어져 책장 밑으로 들어갔는데, 펜대를 찾기 위해 책장을 옮기느라고 힘을 썼더니 갑자기 폐동맥이 터졌는지, 입에 피가 고였었다고 말했다. 그 펜대는 도스토옙스키가 담배를

▼ 도스토옙스키 가족이 다녔던 아파트 인근의 블라지미르 성당(상트페테르부르크)

말 때 자주 사용하는 것이었다.

도스토옙스키는 간질과 치질 외에 폐기종을 앓고 있었다. 그래서 갑자기 힘을 주는 일은 해서는 안된다고 의사도 경고한 적이 있었다. 하지만 입안에 피가 고이는 그런 일은 폐가 좋지 않은 도스토옙스키에게는 종종 있어온 일이었으므로 그는 간밤의 일을 대수롭지 않게 생각했다.

그런데 폐출혈이 있었던 이날 오후 도스토옙스키를 흥분시킨 두 가지 일이 연달아 발생했다. 하나는 며칠 후 있을 낭독회 프로그램과 관련한 행사 관계자와의 논쟁이었고(*안나의 회고록에는 『작가일기』에 실을 논문에 대한 이야기를 나눈 인물과의 논쟁이었다고 적혀있다), 또 하나는 모스크바에서 온 두 누이동생 바르바라, 베라와 이모부 꾸마닌(도스토옙스키 어머니 언니의 남편)의 해묵은 유산문제로 다툰 일이다. 이로 인한 흥분도 상태를 악화시켰을 것이다. 그러나 안나는 가족문제였기 때문인지 회고록에 누이동생들과 남편이 다툰 이야기는 끝내 숨겨 놓았다. 그 직전까지의 일만 다음과 같이 설명하고 있다.

▼ 안나와 두 자녀

"토한 피의 양이 얼마 되지 않았기 때문에 그는 대수롭지 않게 생각하고 밤중에 내가 걱정할까 봐 나를 깨우지도 않았다. 그 얘기를 듣고 너무나 걱정

이 된 나는, 남편에게는 아무 말도 하지 않고 사환인 뾰뜨르를 남편의 주치의 폰 브레트셀에게 보내어 즉시 와달라고 부탁했다. 불행하게도 그는 이미 환자를 왕진하러 간 상태였고, 5시 이후에야 올 수가 있었다.

표도르 미하일로비치는 아주 침착했다. 그는 아이들과 이야기도 나누고 장난도 쳤으며 <신시대>를 읽기 시작했다. 3시쯤 손님이 한 사람 집에 찾아왔다. 그는 남편에게 호의적인 무척 선량한 사람인데, 언제나 격렬한 논쟁을 벌이는 단점을 갖고 있었다. 그들은 『작가일기』 다음호에 실릴 논문에 대한 이야기를 하기 시작했다. 손님이 뭔가를 증명하기 시작하자 간밤의 출혈로 인해 약간 불안한 상태였던 남편이 그의 말에 반대했고, 그들간의 뜨거운 논쟁이 가열되고 있었다. 내가 손님에게 두 번씩이나 남편의 건강상태가 온전치 않으므로 큰소리로 말하거나 말을 많이 하는 것은 해롭다고 말을 했건만, 두 사람을 달래 보려던 나의 시도는 실패로 끝나고 말았다.

마침내 5시가 되어 손님은 떠나고 우리는 식사를 하기 위해 모였다. 그런데 표도르 미하일로비치(도스토옙스키)가 갑자기 자기 소파에 앉더니, 3분 정도 아무 말이 없었다. 순간 그의 턱이 피로 물들면서 피가 구레나룻을 따라 가늘게 흘러내리는 것이 보였다. 나는 비명을 질렀다." (『도스또예프스끼와 함께한 나날들』)

그런데 E.H.카의 『도스토옙스키 평전』 등을 보면 안나가 위에서 언급한 손님은 오레스뜨 밀러라는 사람이며 그는 이날 1월 29일로 예정되어 있는 한 낭독회의 프로그램을 상의하기 위해 도스토옙스키를 찾아왔다. 그 자리에는 마이코프와 스트라호프도 함께 있었다.

▲ 모스크바 국립 레닌도서관 앞의 도스토옙스키 동상

밀러는 도스토옙스키가 낭독회 때 읽어야 할 푸시킨의 운문소설 『예브게니 오네긴』에서 뽑아낸 대목들을 제시하면서 이것은 도스토옙스키가 약속한 것으로서 이미 광고도 나갔다고 말했다. 그러나 도스토옙스키는 자신이 좋아하는 것만 읽겠으며 그 밖의 것은 읽지 않겠다고 노기를 띠며 선언했다. 이 언쟁은 밀러가 프로그램을 바꾸기로 함으로써 끝났다고 한다.

최후의 날, 시베리아에서 받은 성경책을 펼치다

이때쯤 주치의 야코프 폰 브레트셀이 왔다. 의사가 흉부를 손으로 누르며 진찰하는 동안 출혈이 다시 시작됐고 도스토옙스키는 의식을 잃었다. 다음날인 27일에도 출혈은 간헐적으로 계속됐다. 그 와중에도 도스

▲ 도스토옙스키의 마지막 아파트 (상트페테르부르크)

토옙스키는 『카라마조프 씨네 형제들』의 나머지 원고료를 달라는 부탁 편지를 <러시아 통보>의 까뜨꼬프에게 썼다.

그리고 안나에게 사제를 불러달라고 했다. 집 근처에 도스토옙스키가 다니던 블라지미르 성당의 사제가 와 고해를 하고 종부성사를 받았다.

출혈 3일째인 28일 아침, 그는 안나에게 31년전 혹한 속에서 시베리아의 옴스크 유형소로 가던 도중 토볼스크에서 폰비지나(1803~1869)와 안넨코바(1800~1876) 등 데카브리스트 부인들을 만났을 때 폰비지나가 그에게 주었던 성경책을 달라고 했다. 표지에 10루블이 감춰져있던 오래된 그 성경책이다. 유형수들은 돈을 지닐 수 없었기 때문이다. 당시 시베리아에서 10루블은 큰돈이었다. 1권에서 얘기했지만, 당시 10루블은 시베리아에서 소 세 마리를 사고도 남는 돈이었다. 성경책은 유형수들에게 유일하게 허용된 책이었다.

도스토옙스키가 데카브리스트 부인들을 만난 때는 1850년 1월로, 데카브리스트들에게 사면령이 내려지기 6년 전이다. 데카브리스트와 그 가족들은 여전히 시베리아에서 유배 생활을 계속하고 있었으나 처음 강제노동형을 살 때와는 달리 시베리아의 일정 지역 안에서 다소의 독립적인 경제생활을 할 수 있는 상황이었다.

도스토옙스키는 수용소에 있을 때 폰비지나가 준 그 성경을 베개 밑에 늘 소중하게 보관했다. 그 성경을 가지고 문맹의 젊은 죄수에게 러시아어를 가르치기도 했다는 이야기도 앞서 한 바 있다. 그는 생애에서 위기가 닥칠 때마다 그 성경을 아무 데나 펼쳐서 읽곤 했다.

▲ 박물관 서재의 시계가 도스토옙스키가 숨을 거둔 8시 38분을 가리키고 있다.

도스토옙스키는 안나가 가져온 성경책을 펴고 한 군데를 가리켰다. '마태(마태오)복음' 3장 14~15절이었다. 안나 그리고리예브나가 그 구절을 큰 소리로 그에게 읽어주었다. 예수가 요단강에서 요한으로부터 세례를 받는 장면이다.

이해를 위해 13절부터 16절까지를 보면 다음과 같다.

13. 그즈음에 예수께서 세례를 받으시려고 갈릴래아를 떠나 요르단 강으로 요한을 찾아오셨다.
14. 그러나 요한은 "제가 선생님께 세례를 받아야 할 터인데 어떻게 선생님께서 제게 오십니까" 하며 굳이 사양하였다.
15. 예수께서 요한에게 "지금은 내가 하자는 대로 하여라. 우리가 이렇게 해야 하느님께서 원하시는 모든 일이 이루어진다"라고 대답하셨다. 그제야 요한은 예수께서 하자는 대로 하였다.
16. 예수께서 세례를 받으시고 물에서 올라오시자 홀연히 하늘이 열리고 하느님의 성령이 비둘기 모양으로 당신 위에 내려오시는 것이 보였다.
(대한성서공회 발행, 『공동번역 성서』 가톨릭용, 1977)

가엾은 당신, 얼마나 살기가 어려울까!

안나가 14~15절을 읽자, 도스토옙스키는 안나에게 "당신도 들었지, 막지 말라. 그러니까 내가 죽는단 뜻이지." 이렇게 말하며 도스토옙스키는 성경을 덮었다. 안나는 흐르는 눈물을 주체할 수가 없었다. 도스토옙스키는 안나에게 함께 살았던 행복한 생활에 감사한다고 말했다. 그리고 안나에게 아이들을 부탁하면서 언제나 아이들을 사랑하고 지켜주기 바란다고 말했다. 그러고 나서 이렇게 말했다.

"기억해줘, 아냐(안나의 애칭). 내가 당신을 언제나 뜨겁게 사랑했다는 걸. 그리고 꿈에서라도 당신을 배반한 일이 없다는 걸 말이오."

▲ 중년의 안나

도스토옙스키는 이날 오후 안나의 손을 쥐고는 속삭이는 목소리로 말했다.

"가엾은 소중한 사람 내가 당신에게 남겨주는 게 없구려. 가엾은 당신, 얼마나 살기가 어려울까!"

도스토옙스키는 죽는 순간까지 자신이 가족에게 아무 것도 남겨주지 못한다는 생각에 괴로워했다. 당시 러시아 통보 편집부에 보관되어 있던 5천 루블이 남겨진 유일한 자산이었다고 안나는 회고록에 기록했다.

사망하기 몇 시간 전 도스토옙스키는 딸 류보피와 아들 페쨔를 불렀다. 페쨔에게 성경을 주라고 안나에게 말했다. 그리고 아이들에게 누가(루가)복음에 나오는 '탕자의 귀향'(누가 복음 15장 11~24절)을 읽어보라고 했다.

탕자의 귀향

"어떤 사람이 두 아들을 두었는데, 작은 아들이 아버지에게 제 몫으로 돌아올 재산을 달라고 청하였다. 그래서 아버지는 재산을 갈라 두 아들에게 나누어 주었다. 며칠 뒤에 작은 아들은 자기 재산을 다 거두어 가지고 먼 고장으로 떠나

▲ 상트페테르부르크 에르미타주 박물관에서 렘브란트의 '탕자의 귀향'을 감상하는 관람객들.

갔다. 거기서 재산을 마구 뿌리며 방탕한 생활을 하였다. 그러다가 돈이 떨어졌는데 마침 그 고장에 심한 흉년까지 들어서 그는 알거지가 되고 말았다. 하는 수 없이 그는 그 고장에 사는 어떤 사람의 집에 가서 더부살이를 하게 되었는데 주인은 그를 농장으로 보내어 돼지를 치게 하였다. 그는 하도 배가 고파서 돼지가 먹는 쥐엄나무 열매로라도 배를 채워 보려고 했으나 그에게 먹을 것을 주는 이는 아무도 없었다. 그제야 제정신이 든 그는 이렇게 중얼거렸다. '아버지 집에는 양식이 많아서 그 많은 일꾼들이 먹고도 남는데 나는 여기서 굶어 죽게 되었구나! 어서 아버지께 돌아가, 아버지, 제가 하늘과 아버지께 죄를 지었습니다. 이제 저는 감히 아버지의 아들이라고 할 자격이 없으니 저를 품꾼으로라도 써 주십시오 하고 사정해 보리라.' 마침내 그는 거기를 떠나 자기 아버지 집으로 발길을 돌렸다.

집으로 돌아오는 아들을 멀리서 본 아버지는 측은한 생각이 들어 달려가 아들의 목을 끌어 안고 입을 맞추었다. 그러자 아들은 '아버지, 저는 하늘과 아버지께 죄를 지었습니다. 이제 저는 감히 아버지의 아들이라고 할 자격이 없습니다.' 하고 말하였다. 그렇지만 아버지는 하인들을 불러 '어서 제일 좋은 옷을 꺼내어 입히고 가락지를 끼우고 신을 신겨 주어라. 그리고 살찐 송아지를 끌어내다 잡아라. 먹고 즐기자! 죽었던 내 아들이 다시 살아 왔다. 잃었던 아들을 다시 찾았다'하고 말했다. 그래서 성대한 잔치가 벌어졌다."

아이들이 '탕자의 귀향'을 다 읽자, 도스토옙스키는 류보피와 페쨔에게 이렇게 말했다.

"얘들아 지금 방금 들은 얘기를 절대로 잊지 말거라. 주님에 대한 끝없는 믿음을 간직하고, 그분의 용서를 단념하지 마라. 나는 너희들을 정말 사랑한다. 하지만 내 사랑은 당신이 창조하신 모든 인간들을 향한 주님의 무한한 사랑에 비하면 아무 것도 아니다. 살다가 혹 죄를 짓는다고 해도 주님에 대한 희망을 결코 버려서는 안된다. 너희들은 그분의 자녀들이다. 마치 너희들 아버지를 대하듯 그분 앞에서 자신을 낮추거라. 그분께 용서를 구하면 그분은 돌아온 탕자를 보고 기뻐한 것처럼 너희들의 회개를 기뻐하실 것이다."

넵스키 수도원에 잠들다

도스토옙스키가 위독하다는 소문을 듣고 아파트에 사람들이 몰려들었다. 문제아였던 의붓아들 파벨도 왔다. 하지만 도스토옙스키는 최후의 순간에 그를 보지 않았다. 도스토옙스키는 이날(1월 28일) 밤 8시 38분에 숨을 거뒀다. 안나는 남편과의 영원한 이별의 순간을 이렇게 회고록에 기록했다.

"최후의 순간이 오자 나와 아이들은 절망에 목 놓아 울었다. 아직 채 식지 않은, 우리가 사랑했던 망인의 얼굴과 손에 입을 맞추며 무슨 말인가 하기도 했다. 이 모든 것이 내게는 어렴풋하게 떠오른다.

▼ 넵스키 수도원 입구

하지만 내가 분명하게 의식한 것이 딱 하나 있었다. 그것은 끝없는 행복으로 가득했던 나 자신의 삶이 그가 죽는 순간 끝났다는 것, 내 마음은 영원한 고아가 되었다는 사실이었다. 나는 그렇게 뜨겁게, 모든 것을 초월하여 내 남편 표도르 미하일로비치를 사랑했다. 나는 드물디 드문 이 고귀한 도덕적 품성의 소유자가 우정으로 나를 대하고, 나를 사랑하고 존경한다는 사실에 크나큰 자긍심을 가졌다. 그를 잃은 것은 그 무엇으로도 보상 받을 수 없었다. 진정 끔찍했던 이별의 그 순간, 나는 남편의 죽음을 견뎌낼 수 없을 것 같았다. 그 자리에서 바로 심장이 터지거나(그만큼 내 가슴은 심하게 뛰고 있었다) 정신이 나갈 것만 같았다."

생전에 도스토옙스키는 죽은 후 모스크바의 노보제비치 수도원에 묻히길 원했다. 그러나 그곳의 자리를 알아보는 중에 예술인들이 많이 묻혀있는 넵스키 수도원에서 묘지를 제공하겠다는 제의가 와 넵스키 수도원의 예술인 묘지로 전격 결정되었다. 평소 그가 좋아하던 시인 주콥스키 무덤 옆의 빈자리를 내주었다. 후일 차이코프스키도 이곳에 묻혔다.

장례식은 성대했다. 수만명의 인파가 넵스키 수도원으로 가는 장례행렬을 따랐다. 장례 미사는 도스토옙스키와 인연이 있는 야니셰프 주교와 도스토옙스키와 알고 지냈던 시메온 부수도원장이 집전했다. 야니셰프 주교는 과거 1865년 도스토옙스키가 비스바덴에서 도박으로 빈털터리가 됐을 때 귀국 여비를 보태주었던 적이 있다. 그는 당시 비스바덴 정교회 성당의 주임 사제였다. 도스토옙스키 사망 당시는 귀국해 신학대학교 총

▲ 넵스키 수도원 안의 도스토옙스키 묘, 흉상은 조각가 라베레츠키 작

장직에 있었다. "야니셰프 사제장은 탁월한 연설을 통해 작가이자 그리스도 교인으로서 도스토옙스키의 모든 장점을 선명하게 보여주었다"고 안나는 후에 회고록에 썼다.

안나는 또 장례식에 대해 이렇게 회고했다.

"사실 나는 장례 행렬 전체는 보지 못했고 삽화에서도 본 적이 없다. 관 바로 뒤에서 따라갔기 때문에 가까이 있던 것들 밖에 보지 못했던 것이다. 구경꾼들의 말에 의하면, 행렬은 진풍경을 연출했다고 한다. 꽃을 든 사람들의 긴 대열, 장례 성가를 부르는 젊은이들의 합창소리, 그리고 인파의 머리 위로 높이 들어올려진 관과 장엄한 행렬의 뒤를 따르는 수만 명에 이르는 엄청난 규모의 사람들 ― 이 모든 것은 크나큰 감흥을 불러 일으켰다. 표도르 미하일로비치의 유골에 경의를 표하는 이 비장한 행렬이 갖는 가치는, 어느 누구도 그것을 준비하지 않았다는 데 있었다."

장례기간 중 알렉산드르 2세는 황실 집사를 안나에게 보내 재무 대신의 서한을 전달토록 했는데, 그 내용은 "고인이 러시아 문학에 기여한 공

▲ 도스토옙스키 운구 행렬(판화)

로에 감사하는 뜻에서 황제 폐하께서 해마다 2천 루블의 연금을 유족에게 하사한다"는 것이었다.

만약 도스토옙스키의 죽음이 한 달만 늦어 차르 알렉산드르 2세의 암살 사건(1881년 3월 1일) 후였다면 그토록 성대한 장례식은 어려웠을 것이다.

[작가노트1]

도스토옙스키의 묘, 푸시킨 부인의 묘

넵스키 수도원 묘지의 으뜸 인물

도스토옙스키는 상트페테르부르크의 알렉산드르 넵스키 수도원에 잠들어 있다. 이 수도원에는 두 개의 묘지가 있는데 하나는 예술인 묘지고 하나는 18세기 묘지다.

수도원 정문 앞의 큰 길 로터리 중앙에는 긴 창을 들고 말을 탄 모습의 넵스키 대공 기마상이 우뚝 서 있다. 수도원의 커다란 아치형 정문으로 들어서면 맞은편의 붉은 색 수도원으로 통하는 골목 같은 길이 나오

▼ 도스토옙스키 묘앞의 참배객들

는데 그 길 오른쪽에 예술인 묘지가 있다. 그리고 바로 맞은편에 18세기 묘지가 있다. 묘지에는 큰 나무들이 많이 들어서 있어 숲 속 같은 느낌을 준다.

예술인 묘지에는 이름 그대로 유명 예술인들이 많이 묻혀 있다. 문학인보다는 우리에게 익숙한 차이코프스키, 글린카, 림스키-코르사코프 등 음악인의 묘가 눈에 더 많이 띈다. 그런데 그 유명 예술인 가운데서도 첫 번째로 중요한 인물을 도스토옙스키로 보는 것 같다.

그렇게 생각되는 이유는 묘지 입구에서 나눠주는 수도원이 제작한 묘지 지도에 1번이 도스토옙스키이기 때문이다. 그것은 도스토옙스키 묘소를 찾아오는 방문객이 가장 많다는 얘기가 아닐까 한다. 나는 예술인 묘지를 두어 차례 방문했는데, 도스토옙스키 묘를 찾은 러시아인 단체 참배객들을 목격한 적이 있다.

묘지 지도에는 모두 14명의 인사들의 이름이 적혀 있다. 그 중 주요 인물을 보면, 1번 도스토옙스키(1821~1881)를 필두로 2번은 유명한 시인이며 동화 작가 주콥스키(1783~1852), 3번은 러시아의 역사가이며 시인이자 러시아 문학의 감상주의 유파를 대표하는 작가인 카람진(1766~1826), 4번은 유명한 작곡가 글린카(1804~1857), 5번은 작곡가 림스키-코르사코프(1844~1908), 6번은 작곡가 무소륵스키(1839~1881), 7번은 화학자이자 작곡가였던 보로딘(1833~1887), 그리고 8번이 차이코프스키(1840~1893)다.

넵스키 수도원의 예술인 묘지는 도스토옙스키의 묘로 유명하지만, 다른 면에서는 19세기 러시아의 유명 작곡가들이 가장 많이 잠들어 있는

▲ 차이코프스키 묘

곳이라고 할 수 있다.

묘비는 도스토옙스키의 흉상이 앞에 잘 드러나게 만든 사다리 꼴이다. 기품이 있고 크기도 제법 크다. 최초의 묘비는 단순한 모양의 석비였으나 그 후 현재와 같은 흉상이 들어간 묘비로 바뀌었다.

묘비 앞에는 『카라마조프 씨네 형제들』의 제사(題辭)인 신약성경 요한복음 12장 24절의, "내가 진실로 진실로 너희에게 이르노니 한 알의 밀이 땅에 떨어져 죽지 아니하면 한 알 그대로 있고, 죽으면 많은 열매를 맺느니라"는 말씀이 새겨져 있다.

푸시킨 부인의 묘

한편 예술인 묘지 맞은편의 18세기 묘지에는 18세기 러시아의 유명한 과학자 로모노소프(1711~1765)와 스위스 출신으로 러시아에서 연구 활동을 한 세계적인 수학자이자 물리학자인 오일러(1707~1783), 그리고 폰비진(1745~1792) 같은 작가와 당대의 저명한 건축가, 조각가 등의 묘가 들어 있다. 묘지 지도에는 이중 저명한 9명의 이름을 올려 놓았는데 그 중 특이

▲ 푸시킨 부인 묘, 묘비에는 란스카야라고 적혀있다.

한 것이 6번으로 소개된 란스카야(N. Lanskaya, 1812~1863)다. 이름 옆에는 푸시킨 부인이라고 설명을 써놓았다.

푸시킨 부인의 본명은 나탈리야 곤차로바다. 그녀의 묘비명이 란스카야인 것은 푸시킨이 1837년 권총 결투로 죽은 후 재혼한 남편의 이름이 란스코이이기 때문이다. 미인으로 유명했던 나탈리야는 푸시킨이 죽은 지 7년 후인 1844년 나이 많은 란스코이 장군과 재혼했다. 란스코이 장군은 나탈리야와 결혼 후 황제 니콜라이 1세의 근위대장이 되었다. 나탈리야에게 관심이 많았던 황제가 주선한 재혼이었다는 이야기도 있다.

그런데 남편 란스코이의 묘는 어디에 있고 나탈리야만 여기에 홀로 묻혀 있는지 이유는 알 수가 없다. 수도원 측에서는 란스코이 부인 란스카야라고 해봐야 아는 이가 없으니까, 푸시킨 부인이라고 설명을 달아 놓았을 것이다. 나탈리야는 1863년 51세로 사망했다. 나탈리야는 비록 재혼을 했지만, 푸시킨 부인이었던 것만으로도 유명인사로 대접하는 것이 당시 러시아의 분위기였던 것 같다.

[작가노트2]

트레티야코프 미술관의 도스토옙스키 초상화

바실리 페로프(1834~1882)가 그린 도스토옙스키의 초상화 등을 보기 위해 모스크바의 트레티야코프 미술관을 찾은 것은 다로보예의 도스토옙스키가(家) 옛 영지를 다녀온 다음날인 2019년 4월 6일이었다. 트레티야코프 미술관은 러시아 미술의 진수들이 전시되어 있는 러시아 미술의 보물 창고라고 할 수 있다. 도스토옙스키 초상화 뿐만 아니라 그동안 책에서만 보던 러시아의 유명한 미술작품들을 마주할 설레임 속에 줄을 섰다.

▼ 트레티야코프 미술관 앞의 설립자 파벨 트레티야코프(1832~1898) 동상

삼엄한 검색대

트레티야코프 미술관은 오전 10시에 문을 연다. 토요일이었던 이날 개관 20분 전쯤 도착했지만 관람객들의 줄이 이미 담 밖으로까지 길게 이어져 있었다. 이 미술관은 줄을 서서 티켓을 먼저 산 후 들어가는 게 아니고 줄을 서서 검색대를 통과한 다음에 티켓을 사도록 되어 있다.

검색이 우선이라는 이야기다. 검색대는 공항 등에서 보는 것과 같은 것이었다. 검색대를 통과하니 들고 간 트렁크를 열어보라고 했다. 귀국하는 날이어서 트렁크를 가지고 갔었다. 이전에는 검색을 어느 정도 수준으로 했는지 알 수 없지만 검색을 철저히 하는 듯 했는데 이유가 짐작은 되었다.

한 해 전에 이 미술관에서 큰 사건이 하나 있었다. 2018년 5월 이곳에 전시되어 있던 일리야 레핀(1844~1930)의 유명한 작품인 '이반 뇌제와 아들'(1885년 작)을 한 술취한 30대 남성이 금속 막대봉으로 훼손을 해서 난리가 났었다. 취객은 전시장을 돌아다니다 관람객 접근 방지용 금속 막대봉으로 작품을 내리쳤다. 그 바람에 작품이 3곳 이상이 찢어졌다. 불행 중 다행으로 그림 속 이반 뇌제의 얼굴과 손 부분은 손상되지 않았다고 한다. 이 그림은 러시아 미술사에서 19세기의 가장 중요한 작품 중의 하나로 평가 받고 있다. 사실주의 회화의 세계적 걸작으로도 꼽힌다.

범인은 처음에는 술에 취해 저지른 짓이라고 진술했으나 나중에 법정에서는 진술을 바꿨다. 술에 취해 그런 것이 아니라 이반 뇌제(1530~1584)가 황태자를 때려 숨지게 한 사실을 그린 그림을 걸어놓으면 외국인들이 러시아의 황제를 뭐라고 여기겠느냐면서 그걸 막기 위해 자신이 그렇게 했다고 주장했다는 것이다.

이 작품은 1913년에도 정신병을 앓고 있던 사람의 공격을 받았으나 당시에는 일리야 레핀이 살아있어 그가 직접 복원을 했다.

폭군의 역사화인 레핀의 '이반 뇌제와 아들'

이반 뇌제는 역사상 폭군으로 유명한 제정 러시아 최초의 차르다. 성질이 나빴던 그는 1581년 어느 날 임신한 황태자비의 옷차림이 단정치 않다고 마구 때려 며느리가 유산을 하게 만들었다. 이에 황태자 이반이 아버지에게 항의하자 차르는 불같이 화를 내며 쇠 지팡이로 아들을 사정없

▼ '이반 뇌제와 아들', 일리야 레핀, 1885

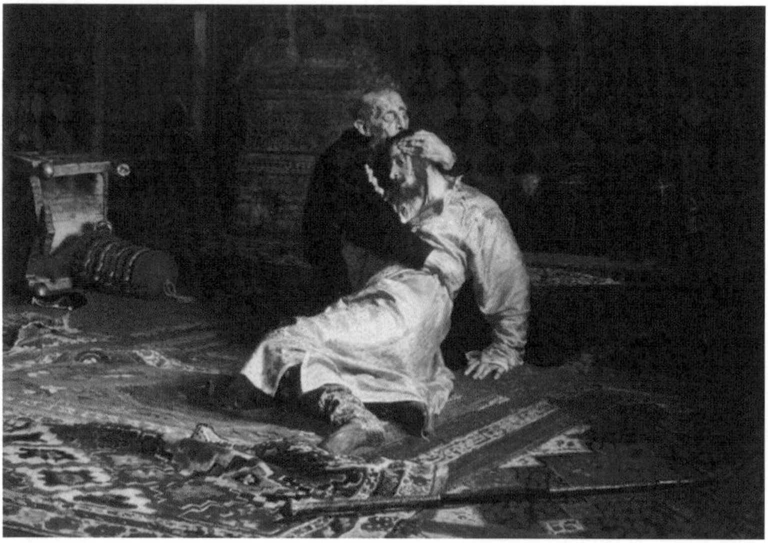

이 내리쳤다. (*이반 뇌제가 아들을 살해한 데 대해서는 여러 가지 설이 있지만 대체로 위의 이야기가 사실에 가까운 것으로 알려져 있다.)

그러다 정신을 차리고 보니 아들이 얼굴에 피를 흘리며 죽어가고 있었다. 그제서야 사태의 심각성을 깨달은 이반 4세는 아들을 부둥켜 안고 하염없이 울었다. 아들은 결국 3일 후 죽고 말았다.

3년 후인 1584년 이반 뇌제가 죽고 둘째 아들 표도르가 황위를 계승했으나 그가 1598년 후계자를 지명하지 못하고 사망하는 바람에 이후 오랫동안 혼돈의 시대가 이어졌다.

일리야 레핀은 이러한 역사의 이야기를 소재로 '이반 뇌제와 아들'을 그렸다. 그림 속에서 이반 뇌제가 피를 흘리며 죽어가는 아들을 끌어안고 정신없는 눈빛으로 허공을 쳐다보는 표정 묘사가 일품이다. 매우 생생해서 보는 이들을 전율케 한다.

트레티야코프 미술관의 명작 중 하나인데, 훼손된 부분의 복원을 위해 옮겨 놓는 바람에 아쉽게도 볼 수 없었다.

페로프가 그린 도스토옙스키 초상화

모스크바 트레티야코프 미술관은 러시아의 대표적인 회화작품은 물론이지만 유명한 러시아 문인들의 초상화도 다수 소장하고 있다. 러시아의 국민시인 푸시킨, 러시아 문학의 양대 산맥으로 불리는 도스토옙스키와 톨스토이의 대표적인 초상화가 여기에 있다.

바실리 페로프가 1872년에 그린 도스토옙스키의 초상화는 17번째 전

▲ 도스토엡스키의 초상화를 보고있는 관람객들

시실에 있었다. 오랫동안 사진으로만 보아왔던 도스토엡스키의 초상화다. 초상화는 페로프의 명작 '트로이카' '망자의 이별' 등 다른 유명 작품들과 함께 전시되어 있다.

초상화는 도스토엡스키가 4년간의 유럽 방랑을 청산하고 돌아온 다음해인 1872년 5월에 완성됐다. 완성됐다고 하는 것은 이 그림이 그 전해인 1871년 말부터 그려지기 시작했기 때문이다.

이 초상화에 대해서 여러 해설이 있지만 미망인 안나의 회고록(러시아 문학기행1, 11부에 인용)에 적힌 기록이 보다 사실적이다. 안나는 트레티야코프가 1871년 겨울 남편에게 초상화를 그리게 해달라고 부탁했고 이를 위해 유명한 화가 페로프가 모스크바에서 왔다고 했다.

트로이카

트로이카는 러시아어로 삼두마차 즉 세 마리의 말이 끄는 러시아 특유의 썰매나 마차를 뜻한다. 3인조를 의미하기도 한다.

도스토엡스키의 초상화를 그린 페로프의 대표적 작품 중 하나가 '트로이카'(1866년 작)다. '트로이카'는 트레티야코프 미술관 17호실의 도스토옙스키의 초상화가 걸려있는 같은 벽면에 있었다. 10세 전후의 세 어린이가 추운 겨울날 아침에 힘겹게 물동이를 실은 썰매를 끌고 가는 모습을 담고 있다. 뒤에서 아이들의 아버지인지도 모를 어른 하나가 온 힘을 다해 밀고 있다.

19세기 중반 러시아 민중의 힘든 삶을 그리고 있는 그림이다. 당시의 화가들은 시대상을 그리는 것을 예술가의 사명으로 알았다. 이 그림 역시 차르 치하 도시빈민의 한 모습을 담고 있다. 지쳐 보이는 아이들 모습

▼ '트로이카', 바실리 페로프, 1866

에 '짠'한 마음이 들지 않을 수 없다.

이 그림이 그려진 1866년은 알렉산드르 2세에 의해 농노해방이 선포된 지 5년 후이다. 농노해방으로 농민들이 이전처럼 지주의 소유물 취급은 받지 않아도 되었지만 삶은 더 나아지지 않았다. 많은 농노들이 도시로 나왔으나 도시 빈민의 수효만 불릴 뿐이었다.

그림 속의 어린이들이 도시로 이주한 이전 농노의 아이들인지, 원래 도시에 살던 빈민가의 어린이들인지는 알 수 없다.

제16부

수호천사 안나, 최후의 임무를 완수하다

박물관이 된 도스토엡스키의 마지막 아파트

도스토엡스키가 세상을 떠난(1881년 1월 28일) 상트페테르부르크 쿠즈네치느이 길 5번지 아파트의 살림집은 지금 박물관이 되어 방문객을 맞고 있다.

아파트 박물관으로 가는 길 입구에는 금빛 돔을 가진 러시아 정교회의 블라지미르 성당이 있다. 도스토엡스키 가족이 다니던 성당이다. 도스토엡스키가 숨을 거두기 전에 받은 종부성사도 이 성당의 사제가 와서 했다. 성당 가까운 곳에는 아담한 도스토엡스키 동상이 있는데 모스크바 레닌국립박물관 앞이나 스타라야루사의 동상처럼 무언가를 골똘히 생각하며 앉아있는 자세다. 도스토엡스키 동상의 모양은 어디나 대개 비슷하다. 허리 펴고 서 있는 자

▼ 상트페테르부르크 도스토엡스키 박물관 안내 책자 중 마지막 아파트를 배경으로 한 작가 사진

세의 동상은 유형생활을 한 시베리아 옴스크의 것이 유일하지 않은가 한다. 옴스크의 동상은 걷는 모습이다.

박물관으로 연결되는 길은 폭이 넓지는 않지만 차도와 인도가 구분되어 있다. 그러므로 우리식 개념의 골목길이라고 할 수는 없다. 박물관으로 가는 인도 위에는 과일과 야채 등을 파는 노점상들이 자리를 잡고 있다. 나는 여름과 가을에 이곳에 갔으므로 두 계절의 모습이 그렇다는 것이다. 겨울과 봄에도 비슷할 것 같다.

박물관이 들어 있는 베이지 색의 석조 아파트 건물은 2백년이나 된 것임에도 그렇게 오래된 건물같이 느껴지지 않는다. 건물은 삼거리 모퉁이에 있다. 얼핏 보면 4층으로 보이는데 반 지하를 한 층으로 보면 5층짜리 건물이다. 도스토옙스키 가족은 이 아파트 2층에서 살았다.

▼ 상트페테르부르크 도스토옙스키 박물관 벽에 그가 살았던 기간이 적혀있는 석판

건물 2층의 창문과 창문 사이 벽에는 '표도르 미하일로비치 도스토옙스키가 이곳에서 1846년에, 또 1878년부터 임종일인 1881년 2월 9일까지 살았다. (2월 9일은 현재 쓰는 그레고리력의 날짜. 제정러시아의 구력인 율리우스력으로 사망일은 1월 28일) 여기에서 소설 『카라마조프 씨네 형제들』을 집필했다'고 새겨진 아담한 대리석 석판이 붙어있다. 석판에 적힌 것처럼 그는 20대 때인 1846년에도 이 건물에서 잠시 살았다.

박물관 입구는 건물 귀퉁이에 있다. 아래로 연결된 계단으로 반 층 쯤 내려가야 한다. 문을 열고 들어가면 티켓 카운터와 외투 등을 보관하는 곳이 나온다. 아파트 박물관은 그곳에서 실내의 좁은 계단을 따라 위로 올라가는데 계단과 계단 중간에 기념엽서와 서적 등을 파는 간이 판매대가 있다.

박물관은 도스토옙스키 가족이 살던 2층의 살림집과 후에 박물관에서 사들인 추가 전시 공간으로 이뤄져 있다. 추가 전시 공간에는 도스토옙스키와 인연이 있는 사람들의 사진과 그림 자료 등이 전시되어 있고 데드 마스크도 여기에 있다. 데드 마스크는 유리 안에 있어서 촬영이 쉽지 않았다.

동영상 촬영은 안 돼요

추가 전시공간에 들어갔을 때 내가 스마트폰을 꺼내 동영상을 찍으려니까 일행을 안내하던 러시아인 해설사가 안 된다고 저지한다. 스틸 사진은 가능하지만 동영상은 안 된다는 것이다. 스틸 사진이고 동영상이고 실내 사진을 일체 못 찍게 하는 야스나야 폴랴나의 톨스토이 저택 박물관에 비하면 그래도 조금 나은 편이다.

톨스토이 저택 박물관에서 사진을 못 찍게 하는 이유는 톨스토이와 가족들의 초상화, 그림, 서적, 침대, 소파, 책상 등 전시물들이 거의 당시의 진품이기 때문이어서 그렇다는 것인데, 얼른 이해는 안 됐다. 관람객들이 사진 찍느라고 부산을 떨다가 전시물이 손상될까봐 그러는지는 모르겠다. 또다른 톨스토이 집 박물관인 모스크바의 하모브니키 저택에서는 내부 촬영이 가능했었다. 그러나 사진 촬영에 따른 요금을 별도로 냈다. 러시아의 박물관 가운데는 내부 촬영을 허용하더라도 사진 촬영에 따른 요금을 추가로 받는 곳이 많다.

추가전시실에는 도스토옙스키의 데드 마스크와 그가 생전에 교류했거나 소설과 관련된 인물들의 사진, 『죄와 벌』의 무대가 됐던 상트페테르부르크 센나야 광장의 당시 모습을 그린 그림을 비롯해 작품 관련 그림, 유럽여행시 들렀던 도시들의 그림 또는 사진 등과 함께 도스토옙스키가 바젤 미술관에서 넋을 잃고 오랫동안 봤다는 한스 홀바인의 작품 '그리스도의 시신' 복제품이 걸려있다. 제네바의 루소 아일랜드나 밀라노 대성당, 베니스 성 마르코 성당 광장 등은 19세기 중엽의 컬러석판인쇄 작품인데 매우 정교하게 그려져 있어 당시 석판인쇄술의 높은 수준을 짐작케 했다.

추가전시실에서 가족이 살던 원래의 아파트인 살림집 공간은 바로 연결이 된다. 살림집 공간으로 들어가면 도스토옙스키가 쓰던 모자와 우산 등이 전시되어 있는 입구와 장난감 말 등이 전시되어 있는 아이들 방, 살림 메모와 주판, 속기 노트 등이 전시되어 있는 안나의 방과 식당이 차례로 나온다. 그리고 식당과 서재 사이에 있는 거실로 가면 조명이 비치는 테이블 위에 타원형의 노란색 담배 박스가 놓여있다. 여기에 딸 류보피가 도스토옙스키 사망 직후 쓴 글씨가 희미하게 남아있다.

▲ 도스토옙스키 박물관 입구

"아빠가 죽었다. 1881년 밤 8시 45분"

실제 공식적으로 사망 시각은 8시 38분으로 되어있다. 서재 안의 시계도 8시 38분에 맞춰져있다. 서재는 맨 안쪽에 소파가 있고 그 앞에 책상이 창문을 마주하고 놓여있다. 소파는 도스토옙스키의 침대이기도 했다. 푸시킨처럼 도스토옙스키도 소파에서 숨을 거뒀다. 당시 사람들은 소파를 침대 겸용으로 많이 사용했다. 소파 위의 벽에는 도스토옙스키가 좋아했던 라파엘로의 '시스티나의 성모' 중 성모가 아기예수를 안고 있는 부분만을 흑백으로 그린 복제품이 걸려있다. 도스토옙스키 생전에 선물로 받은 것이다.

믿는 도끼에 발등 찍히다
- 말년의 안나를 분노케 한 스트라호프의 편지

도스토옙스키가 세상을 떠난지 어느새 32년이 지난 1913년 가을, 이미 67세 할머니가 된 안나는 어느 날 지인으로부터 "스트라호프(1828~1896, 평론가)의 편지를 읽어보았느냐?"는 질문을 받았다.

안나는 스트라호프야말로 도스토옙스키가 죽는 날까지 가장 가깝게 지낸 사람 중 하나로 남편의 공식 전기까지 자진해 쓴 사람이므로 그가 쓴 편지라면 모두 좋은 이야기들이겠거니 생각하고는 "아직 못 읽어 보았다"고 대답한 후 한동안 잊고 지냈다.

그러다가 이듬해인 1914년 여름, 안나는 모스크바의 '도스토옙스키 기념 박물관'이 보완을 위해 그녀에게 보내온 신문과 잡지들을 살펴보던 중 지인이 말했던 그 잡지(<현대세계> 1913년 10월호)를 보게 되었다. 잡지를 펼쳐보던 안나는 스트라호프의 악의에 가득찬 편지에 경악하지 않을 수 없었다.

▼ 스트라호프

편지는 남편이 죽고 3년이 채 지나지 않은 1883년 11월 28일자로 스트라호프가 톨스토이에게 쓴 것인데 도스토옙스키를 깎아내리고 비

방하는 내용으로 가득 차 있었다.

스트라호프, 편지에서 도스토옙스키를 '악한'이라고 표현

"친애하는 레프 니콜라에비치 (톨스토이), 쓸 말은 무궁무진하지만 당신께 간략하게 편지를 씁니다.

(…) 저는 도스토옙스키를 좋은 사람으로도, 행복한 사람으로도 생각 할 수가 없습니다.(본질적으로 이는 일치하는 것이니까요). 그는 악한이고 질투심이 강하고 방탕한 사람이었습니다. 그럼에도 그는 그런 그를 가련하게 여기고, 만약 그가 그토록 악의적이고 똑똑하지 않았다면 오히려 그런 그를 조롱거리로 여겼을 격동과 혼란의 시기 속에서 평생을 살았죠. 그 자신은 자기가 루소처럼 참으로 훌륭하고 행복한 사람이라고 여기면서요.

그의 전기를 쓰다보니 이 모든 성격이 생생하게 기억나더군요. 스위스에서는 제가 보는 앞에서 어찌나 하인을 마구 부리던지 그 하인이 화가 나서 "저도 인간이란 말이에요!"라고 그에게 말했을 정도였죠. (…) 그런 장면이 그에게는 끊임이 없었죠. 자신의 사악한 심성을 억누를 수가 없었으니까요. 그가 남자답지 않게 빙빙 말을 돌리면서 느닷없이 던지는 돌출적인 말과 행동을 여러 차례 보고도 저는 아무 말도 하지 않았습니다. 하지만 두어 번은 그에게 몹시 심한 말을 하기도 했죠. 그런 심한 말에 대한 그의 반응은 보통 사람들과는 너무나 달랐어요. 무엇보다 가장 나쁜 점은 그가 그런 걸 즐겼다는 사실입니다. 그는 한 번도 자신이 저지른 온갖 비열한 행위를 끝까지 뉘우친 적이 없었습니다.

(…)

▲ 노년의 톨스토이 (그림)

그가 가장 닮은 인물은 『지하로부터의 수기』의 주인공, 그리고 『죄와 벌』에 나오는 스비드리가일로프, 『악령』의 스따브로긴이죠. 스따브로긴이 나오는 한 장면(소녀를 겁탈하는 장면)을 카트코프가 싣지 않으려고 하자 도스토옙스키는 그 자리에서 여러 사람들에게 그 장면을 읽어줬지요.

그는 천성이 그러함에도 달콤한 감상주의와 숭고하고 인본주의적인 공상에 대해선 무척 호의적이었어요. 그러한 공상이 그의 지향점이고 그의 문학적 음악이자 길이죠. 하지만, 본질적으로 그의 모든 소설들은 자기 정당화이고, 또한 인간의 내면에는 갖가지 추잡함과 고상함이 공존할 수 있다는 것에 대한 증명입니다.

(…)

그는 자신이 행복하다고 상상하고 자신을 주인공으로 생각했던, 그리고 자기 자신만을 자애롭게 사랑했던 정말 불행한 악인이었습니다. 나 자신도 다른 사람에게 혐오감을 불러일으킬 수 있다는 것을 알기 때문에 다른 사람들에게서 받는 그런 느낌을 이해하고 그런 것을 용서하는 법을 나는 배웠습니다. 그래서 도스토옙스키에 대해서도 출구를 찾을 수 있으리라 생각했습니다. 하지만 찾을 수가, 찾을 수가 없군요!"

스트라호프는 '악인'으로 생각한 사람의 전기를 왜 썼을까?

스트라호프의 편지는 도스토옙스키야말로 자신의 소설 속에 등장하는 악인들 그 자체라는 얘기다. 그러면서 스트라호프는 자신이 그의 전기를 쓰는 동안 혐오감과 싸워야했고, 기분 나쁜 감정을 떨쳐버리려고 노력했다면서, 톨스토이에게 "이 감정에서 벗어날 길을 찾도록 좀 도와주셨으면 한다"는 부탁의 말도 썼다.

스트라호프의 편지가 잡지에 공표된 1913년은 스트라호프도 죽은지 이미 17년이나 지난 때이고, 톨스토이가 죽은 지 3년 후이다.

스트라호프는 1828년 생으로 도스토옙스키보다는 7살 아래지만 톨스토이와는 동갑이다. 그는 도스토옙스키와 가깝게 지냈을 뿐 아니라 톨스토이와도 가까웠다. 문학평론가였던 그는 이집 저집 떠돌아다니며 소문을 옮기고 하는 사랑방 식객같은 존재였다고 하는데, 사람들은 그가 톨스토이와 친했기 때문에 그를 통해 톨스토이의 이야기 듣기를 좋아했다. 물론 도스토옙스키에 대한 이야기도 했을 것이다.

도스토옙스키는 1867년 안나와 결혼 후 유럽을 떠돌며 생활할 때도 스트라호프와 자주 편지를 주고 받았다.

스트라호프는 유럽의 도스토옙스키에게 톨스토이의 신작 『전쟁과 평화』를 보내주기도 했고, 도스토옙스키는 스트라호프에게 "결혼해서 아기를 갖는 데에 인생의 행복 중 4분의 3이 있다"면서, "빨리 결혼해서 가정의 행복을 찾으라"고 조언하기도 했던 사이다. 도중에 무언가 때문에 두 사람 사이가 다소 벌어진 일이 있었지만, 그래도 두 사람은 도스토옙스키가 죽는 날까지 자주 만났다.

그러므로 안나의 입장에서 볼 때, 남편의 최초의 전기를 쓴 사람이 마음속으로 도스토옙스키를 악인으로 생각하며 사실상 저주해왔다는 사실이 도무지 믿어지지 않았다.

▼ 중년의 안나

안나는 이 문제를 어떻게 풀어야 할 것인지 곰곰이 생각한 끝에 그녀가 쓰고있던 회고록에 스트라호프와 톨스토이 사이에 도스토옙스키와 관련해 오간 편지를 온전히 다 싣기로 했다. 톨스토이가 스트라호프에게 보낸 답장 속에 도스토옙스키에 대한 스트라호프의 비방에 직접적으로 동조하는 내용은 없다. 다만, 스트라호프가 편지

에서 19세기 프랑스의 프로테스탄트 신학자 에드몽 프레상스의 책 등 두 권의 책을 톨스토이에게 보냈다고 한데 대해 다음과 같은 톨스토이의 견해를 써 보냈다.

(…) 프레상스와 도스토옙스키는 둘 다 결함을 갖고 있지요. 그래서 한 사람은 학식이 출중한데도, 그리고 또 한 사람은 지성과 동정심이 그렇게 넘치는데도 아무 소용이 없게 되었죠. 사실 뚜르게네프가 도스토옙스키를 극복한 것은 예술성 때문이 아니라 그가 결함을 갖고 있지 않다는 점 때문이지요.

내용 자체만 보아서는 “아무 소용이 없게 되었죠” 등의 말이 무슨 의미인지 잘 이해할 수 없다. 스트라호프는 톨스토이의 답장을 받은 후 다시 보낸 편지에서 또 도스토옙스키를 언급한다. 여기에서 자신은 도스토옙스키 전기를 쓸 때 문학적 측면에만 집중했다면서 도스토옙스키의 장점만을 부각시키려고 노력했다고 강조한다. 톨스토이의 반응이 시큰둥하자 태도를 바꾼 것인지는 알 수 없다.

아무튼 안나는 이렇게 스트라호프와 톨스토이가 주고 받은 편지들을 그녀의 회고록 속에 거의 다 실었다. 그러고는 그 편지를 읽은 후의 감정을 털어놓으면서 스트라호프가 쓴 편지의 내용을 다음과 같이 반박했다.

안나, 스트라호프는
도스토옙스키에게 끝까지 '악의 화신'이었다고 기록하다

스트라호프의 편지를 읽고 나는 분한 마음을 가눌 길이 없었다. 10년 넘게 우리 가족을 찾아왔던 사람이, 남편으로부터 그토록 따듯한 대접을 받았던 사람이 거짓말쟁이였다니! 그런 더러운 중상모략을 남편에게 뒤집어 씌우다니! 그런 저질스런 인간에게 남편과 내가 속았던 것을 생각하니, 그를 신뢰했던 것을 생각하니 나 자신에게 화가 났다.

나는 스트라호프가 편지에서 "글을 쓰는 동안 내내 끓어오르는 혐오감과 싸웠다"고 한 것에 놀랐다. 대체 무엇 때문에 혐오감을 느끼면서, 그리고 자신이 쓰기로 한 전기의 대상인 그 사람을 존경하지도 않으면서 그 일을 거절하지 않았단 말인가? 자존심이 조금이라도 있는 사람이었다면 그러진 않았을 것이다. 발행인인 내가 전기 작가를 찾느라 애쓰는 것이 가여워서? 하지만 밀레르가 전기 쓰는 일은 자기가 맡겠다고 했었다. 물론 나중에 남편의 전기를 썼던 다른 문인들(이베르끼예프, 슬루체프스끼)도 염두에 두고 있었다.

스트라호프는 편지에서 도스토옙스키가 악한이라고 말하면서 그 증거로 남편이 급사를 마음대로 부려먹었다는 어처구니 없는 예를 들었다. 남편은 병 때문에 가끔씩 몹시 성을 내곤 했다. 아마 그가 사다 달라고 한 물건을 늑장을 부리면서 갖다주지 않는(급사를 '부려먹었다'고 표현할 만한 다른 무슨 일이 있겠는가?) 하인에게 고함을 쳤을지도 모른다. 하지만 그것은 그가 사악해서가 아니라 참을성 없는 그의 성격 때문일 뿐이다. 하인이 "저도 인간이란 말이에요!"라고 대답했다

▲ 안나의 책상

는데, 그것은 사실일 수가 없다. 스위스의 평민들은 몹시 거칠어서 화가 났다면 점잖게 항변하는 정도가 아니라 심한 욕설을 퍼부었을 것이다. 그들은 자신들이 처벌받지 않는다는 것을 너무나 잘 알고 있었던 것이다.

어떻게 스트라호프가 표도르 미하일로비치(도스토옙스키)가 "악한"이고 "자신만을 자애롭게 사랑했다"는 (사람의) 글을 쓰겠다고 손을 번쩍 들었는지 이해할 수가 없다. 스트라호프야말로 도스토옙스키네 두 형제가 〈시대〉의 폐간으로 인해 처했던 끔찍한 상황의 증인이다. 바로 그 자신이 쓴 졸렬한 글(「운명적 문제」) 때문에 갑자기 폐간되지 않았던가. 스트라호프가 그런 정체불명의 글을 쓰지만 않았다면 잡지는 계속 간행되어 이익을 남겼을 것이고, 미하일 도스토옙스키(*도스토옙스키의 형)가 사망한 뒤 남편의 어깨 위에 잡지 빚이 몽땅 넘어오는 그런 일도 없었을 것이다. 그랬다면 그가 그 잡지로 떠맡은 빚을 갚느라 남은 평생을 그토록 괴롭게 살지 않아도 되었을 것이다. 스트라호프야말로 남편이 살아있었을 때뿐만 아니라, 이제 밝혀졌듯이 그가 죽은 뒤에도 그에게는 악의 화신이었다고 진정으로 말할 수 있다.

안나는 이처럼 분노에 찬 어조로 "스트라호프는 남편에게 사후에까지 악의 화신이었다"고 말했다.

인간의 내면에는 추잡함과 고상함이 공존할 수 있다

그러면서 안나는 "표도르 미하일로비치(도스토옙스키)가 어떻게 살았는지를 시시콜콜히 알면서 그에 대해 '악한'이었다고, 자기 자신만을 자애롭게 사랑했다고 말하는 것은 스트라호프로서는 지독하게 염치없는 짓"이라고 했다. 안나의 설명은 이렇게 이어진다.

남편과 14년을 함께 살았던 내 입장에서는 그가 한없이 선량한 사람이었다는 것을 입증할 의무가 있다. 그는 자신과 가까운 사람에게만 선량했던 건 아니었다. 불행을 겪고 실패나 재앙을 겪은 사람들의 이야기를 듣게 되면 그는 그들 모두에게 선의를 베풀었다. (…) 얼마나 많은 노인들을 그가 양로원에 모셨던가, 고아원에 있는 아이들을 위해 그가 얼마나 애썼던가, 얼마나 많은 실직자들에게 일자리를 구해주었던가! 또 낯선 사람들이 들고 온 문서를 얼마나 많이 읽고 수정해 주었던가, 얼마나 많은 사람들이 자신의 비밀스런 일에 대해 고백을 했고,

▲ 거실

또, 그가 조언을 해주었던가. 그는 이웃에게 도움을 줄 수 있는 일이라면 시간도 노력도 돈도 아끼지 않았다. 돈이 없을 땐 어음에 서명을 해 주었고, 때로는 그것 때문에 우리 가족이 해를 입는 일도 종종 있었다. 나는 때때로 그가 왜 그리도 한없이 착하기만 한지 화가 나기도 했다. 하지만 선행을 베풀 수 있다는 것이 그에게 얼마나 큰 행복인지를 알고 나서는 나도 기뻐하지 않을 수가 없었다.

(…)

나의 말년을 우울하게 했던 이 불운한 편지 사건과 관련하여 많은 사람들과 이야기를 나누면서 나는 스트라호프가 왜 이러한 편지를 쓰게 되었다고 생각하느냐고 그들의 의견을 물었다. 대다수의 사람들은 '직업적 질투심'이라는 쪽으로 기울었다. 그런 일은 문단에서 비일비재하다는 것이었다. 그런가 하면 표도르 미하일로비치(도스토옙스키)가 솔직하고 신랄했기 때문에 스트라호프의 기분을 상하게 했는지도(이 부분에 관해서는 그 자신도 언급을 하고 있다) 모르며, 그래서 망인이 되었을지라도 복수를 하고 싶었는지도 모른다는 얘기도 있었다.

(…)스트라호프의 편지에 나온 말을 인용하는 것으로 내 생의 이 괴로웠던 일화를 마무리 하겠다. "인간의 내면에는 갖가지 추잡함과 고상함이 공존할 수 있다."

노년의 안나가 이 문제를 어떻게 마무리 지어야 할지 고심에 고심을 거듭한 글이다.

스트라호프는 추악한 신학생 - 도스토옙스키는 알고 있었다

그러면 도스토옙스키는 살아 생전에 스트라호프에 대해 어떤 생각을 했을까? 심리분석의 대가인 도스토옙스키가 스트라호프의 본심을 꿰뚫어보지 못했을까? 도스토옙스키도 실은 스트라호프의 태도를 의심했다.

도스토옙스키는 죽기 7년 전인 1874년 안나에게 보낸 편지에서 스트라호프가 요즘 자신에게 거리를 두는 태도를 보이고 있다면서, "그는 추악한 신학생일 뿐 그 이상은 아무 것도 아니오. 그는 내 인생에서 나를 한번 버렸었고, 그러니까 <시대>가 실패했을 때 말이오. 『죄와 벌』이 성공한 후에야 돌아왔소"라고 썼었다.

도스토옙스키의 편지에서 보면, 스트라호프는 유명인사와 가깝게 지내는 것으로 자신의 존재감을 나타내는 류의 인물이 아니었나 하는 생각이 든다. 도스토옙스키의 전기를 쓴 것도 그러한 일종의 허영심 때문이었을 것 같다. 스트라호프는 톨스토이와 가깝게 지냄으로써 어디가서나 톨스토이와 가까운 인물로 환영을 받았다는 이야기를 앞에서 했지만, 대인 관계를 오로지 자신의 이해관계로만 계산하여 저울질 하는 그런 흔한 인물 중 하나였는지 모른다. 스트라호프가 그 편지를 통해 톨스토이에게 아첨을 하려는 어떤 의도가 있었는지는 알 수 없으나, 그 내용은 도스토옙스키의 첫 번 전기를 쓴 사람으로서는 너무 이중적이다.

안나, 도스토옙스키를 회고하는 사람들 때문에 고통받다

스트라호프 편지 사건은 안나의 말년에 일어난 일이지만, 안나는 도스토옙스키 사후 오랫동안 '도스토옙스키를 회고하는 사람들' 때문에 고통을 받았다.

안나는 도스토옙스키를 조금 안다는 사람들이 써 놓은 회고담이 언제나 도스토옙스키에 대해 '침울하며, 사람들 사이에 있는 것을 힘들어하고, 다른 사람들의 의견에 귀 기울이는 참을성이라곤 없으며, 모든 사람들과 언쟁을 하고 대화를 나누는 상대방을 어떻게든 모욕하고 싶어하는 사람'으로 묘사한 데 대해서도 내친 김에 회고록에 상세히 설명을 하고 있다.

"표도르 미하일로비치가 모임에서 말을 별로 하지 않았던 건 사실이다. 하지만 그 이유는 아주 간단했다. 그는 해외에서 돌아온 이후, 더 정확하게는 1872년

▲ 도스토옙스키 아파트 인근의 도스토옙스키 동상(상트페테르부르크)

부터 호흡기 카타르와 폐기종을 앓았다. 엠스로 휴양을 다녔음에도 불구하고 병은 해마다 더욱 악화되었고, 폐활량은 점점 줄어들었다. 집에 있을 때조차 그는 때때로 숨이 막혀 헐떡이거나 멈출 수 없이 기침을 쏟아냈다. 그 정도로 가슴이 압박을 견디지 못했고, 결국은 일이 일어나고 말았다. 폐의 출혈로 목숨을 잃고 말았던 것이다."

안나는 남편이 계단을 오를 때면 계단마다 멈춰서서 숨을 헐떡였고, 때로는 자기에게 "빨리 가지 마. 숨을 못 쉬겠어. 꼭 겹겹이 접힌 양모 손수건을 통해 숨을 쉬는 것만 같아"라고 말하곤 했다며, 어떨 때는 3~4층까지 올라가는 데 20~25분이나 걸리곤 했다고 말했다. 그녀는 도스토옙스키가 모임에 갔을 때 침울한 표정을 보인 진짜 이유는 귀족적이고 고상한 척하는 성격 탓이 아니라 그렇게 기진맥진한 상태로 들어갔기 때문이었다고 설명했다.

도스토옙스키는 간질 뿐만 아니라 치질도 앓고 있었고 그처럼 폐질환도 있었지만, 대부분의 사람들은 죽음의 순간까지도 도스토옙스키의 폐질환에 대해서는 심각하게 생각하지 않았다고 안나는 회고했다.

안나는 큰 행사나 큰 예배에 자신이 언제나 남편과 함께 다닌 이유는 비좁고 숨막히는 공간에서 남편이 간질 발작을 일으킬까 염려되었기 때문이었다고 밝혔다.

이처럼 안나는 스트라호프의 편지를 반박하면서 이 편지가 아니었으면 안 썼을지도 모를 이런저런 신상에 관한 이야기까지 다 털어놓았다.

안나의 그같은 반박과 설명은 결과적으로 도스토옙스키를 아는데 있어 또 하나의 중요한 자료가 되었으므로 안나의 회고록을 좀 더 가치있게 만들었다고 본다.

도스토옙스키는 생전에 안나를 종종 '나의 수호천사'라고 불렀다. 믿거라 했던 인물이 남편을 극도로 비방한 편지를 남긴데 대해 안나는 수호천사로서 전쟁을 치르듯 그에 대항하는 기록을 남김으로써 최후의 임무를 다했던 것이다.

안나, 사망 50년 후 남편 곁에 묻히다

안나의 최후에 대해서는 자세히 알려져있지 않다. 회고록의 마지막 페이지에 편집자가 남긴 메모를 싣는 것이 가장 정확하리라고 생각하여 아래에 그대로 인용한다.

안나 그리고리에브나는 1917년 여름 남부에서 심한 말라리아에 걸렸다. 그녀는 뻬쩨르부르그로 돌아오려 했으나 그렇게 하지 못했다. 그녀의 몸은 질병과 궁핍으로 완전히 망가진 상태였다. 그럼에도 그녀는 보기 드문 용기로 고통을 견뎌냈다.

그녀를 치료했던 의사 꼬브리기나는 안나 그리고리예브나를 회상하면서 "자기 생의 마지막 몇 달 동안 그녀는 놀라운 정신력으로 사람들에게 깊은 감동을 주었다. 그녀는 지칠 줄 모르는 활력과 폭넓고 예리한 지성, 그리고 주변의 모든 것을 향한 부단한 관심으로, 도스토옙스키의 아내로서가 아니라 그녀 자체로 사람들을 놀라게 하고 깊은 관심을 갖도록 했다.

▲ 노년의 안나(1916)

그녀는 모든 일에 나이에 걸맞지 않는 열정과 집중력을 보여주었다. 당신 앞에 있는 사람이 노파라는 사실을 믿을 수 없을 정도로……. 그녀는 여간해선 볼 수 없는 완전무결한 성격을 지녔다. 또한 사람을 끝까지 사랑하고 증오할 줄 아는 사람이었다……."고 말했다.

안나 그리고리예브나는 1918년 6월 9일에 숨을 거두었고, 그곳에 있는 아우뜨스꼬에 묘지에 묻혔다. 사망 50주년이 되는 1968년이 되어서야 그녀의 마지막 소원이 이루어져 알렉산드르 넵스키 수도원에 있는 남편의 묘로 이장되었다.

여기서 말하는 남부는 카프카스 지방이다. 안나가 병에 걸린 1917년은 볼셰비키 혁명이 일어나 300년간 제정러시아를 지배해 온 로마노프 왕조(1613~1917)가 무너진 해이다. 1917년부터 1922년까지 볼셰비키 혁명군인 적군과 제정러시아 재건 세력인 백군과의 내전은 적군의 승리로 끝났다. 당시 국내적으로 혼란이 극심해 안나는 아들 표도르와도 연락이 끊긴 상태였다. 안나의 사인은 급성 장염이었다. 향년 72세.

도스토옙스키의 후손들

아버지의 전기를 쓰기도 한 딸 류보피(1869~1926)는 1913년부터 해외에 거주했는데 1926년 백혈병으로 사망했다. 어려서부터 말을 좋아했던 아들 표도르(1871~1922)는 말 사육전문가로 살다가 류보피보다 먼저 1922년 심장병으로 세상을 떠났다.

아버지와 이름이 같았던 도스토옙스키의 아들 표도르는 두 아들을 두었는데, 그중 하나는 일찍 죽고 안드레이란 아들만 남았다. 그러니까 안드레이는 도스토옙스키의 하나 뿐인 친손자다. 안드레이는 산림관리기사였다. 제2차 세계대전 때는 탱크부대에서 근무하기도 했다. 그는 생전에 레닌그라드(현재의 상트페테르부르크), 스타라야루사, 세미팔라틴스크(현재의 카자흐스탄 세메이)의 도스토옙스키 박물관 개설에 관여했다.

1968년에 안드레이는 그의 할아버지 도스토옙스키가 100년도 더 전에 강제군복무를 했던 세미팔라틴스크 시 250주년 기념식에 초청을 받아 그곳에 갔었다. 3년 후인 1971년 도스토옙스키 출생 150년을 맞아 도스

▲ 도스토옙스키의 증손자 드미트리(왼쪽)와 드미트리의 아들 알렉세이, 손자 표도르(세메이 도스토옙스키 박물관 자료, 촬영 연도 미상)

토옙스키가 첫 부인 마리야와 결혼해 2년 반을 살았던 세미팔라틴스크의 통나무집이 도스토옙스키 문학 박물관으로 문을 열었다.(*현재의 박물관은 통나무집과 1976년에 지은 콘크리트 전시실 건물을 연결한 구조다.) 그러나 안드레이는 그 전에 사망해 개관식에 참석하지 못했다고 세메이 박물관의 자료는 설명하고 있다.

카자흐스탄 세메이 도스토옙스키 박물관이 발행한 도스토옙스키 가이드북에는 도스토옙스키 후손들의 사진이 실려 있다. 도스토옙스키의 후손은 그리 많지 않다.

세미팔라틴스크(세메이)까지 갔던 손자 안드레이는 아들 드미트리와 딸 타치아나를 두었고, 드미트리는 외아들 알렉세이를 두었다. 외아들로만 대를 이었으니 후손이 많을 리 없다. 드미트리의 외아들 알렉세이가 2003년에 세메이에서 열린 도스토옙스키 국제 컨퍼런스에 다녀갔다는 기록이 가이드북에 실려 있다.

알렉세이가 자녀를 몇이나 두었는지는 알려져 있지 않은데 적어도 아들이 하나 있는 것은 확실하다. 드미트리가 아들 알렉세이, 손자 표도르와 찍은 도스토옙스키 후손 3대의 사진이 가이드북에 나와 있다. 여기까지만 보면 도스토옙스키의 직계는 자신과 이름이 같은 아들 표도르 이후 5대손 표도르까지 독자(獨子)로만 5대가 이어지고 있다.

부록

부록1

러시아 문학기행 Q & A (1)
톨스토이의 『전쟁과 평화』, 체호프의 『갈매기』의 산실

모스크바, 상트페테르부르크 중심의 일정

러시아문학에 관심이 있는 사람들은 한번쯤 러시아 문학기행을 꿈꾼다. 러시아 문학기행은 대개 모스크바와 상트페테르부르크를 중심으로 짜여지는데 톨스토이, 도스토옙스키, 푸시킨, 체호프, 파스테르나크 등 러시아 문호들의 작품의 현장과 자취를 찾아보는 일정으로 기획된다.

또한 세계적인 미술품들이 소장되어 있는 세계 3대 박물관 중 하나인 상트페테르부르크의 에르미타주 박물관과 아름다운 분수로 유명한 여름궁전 또는 호박방으로 이름난 예카테리나 궁전 등도 둘러본다. 몇 차례 그같은 여행에 참여하고 때론 해설도 했던 경험으로 러시아 문학기행과 관련해 궁금한 점을 Q&A로 알아본다.

Q: 여행일정은 대체로 어떻게 짜여지는지요?

전체 일정은 대개 6박 7일 또는 7박 8일로 짜여집니다. 모스크바 남쪽 툴라주의 야스나야 폴랴나 톨스토이 영지, 멜리호보의 체호프 집, 모스크바 근교 페레델키노의 파스테르나크 별장, 푸시킨 박물관, 도스토옙스키 생가 박물관 방문 등 모스크바 일정이 도착일을 포함해 3~4일쯤 됩니

▲ 야스나야 폴랴나 톨스토이 영지의 자작나무 길

다. 그리고 시간을 아끼기 위해 대개 야간열차로 상트페테르부르크로 이동해 그곳에서 푸시킨 문학 박물관, 도스토옙스키 문학 박물관, 에르미타주 박물관 등을 둘러보는 2~3일간 일정을 소화한 뒤 귀국하는 것이 일반적입니다. 반대로 상트페테르부르크를 먼저 가는 경우도 있습니다. 여기에서는 모스크바를 먼저 가는 경우를 예로 설명하겠습니다. (*이후 문학 박물관은 그냥 박물관으로 표기함)

톨스토이

Q: 야스나야 폴랴나의 톨스토이 영지에서는 무엇을 보게 되나요?

레프 톨스토이(1828~1910)의 영지는 모스크바에서 남쪽으로 2백여km 떨어진 툴라주(州) 안에 있습니다. 톨스토이가 『전쟁과 평화』 『안나 카레니나』 등을 집필한 저택이 있는 곳이죠. 톨스토이는 생애 82년의 대부분을 이곳에서 지냈습니다. 1828년 이곳에서 나고 1910년 이곳에 묻혔습니다. 죽기 10일전에 가출했다가 아스타포보역에서 급성 폐렴으로 숨진 후 이곳으로 옮겨져 숲에 안장됐습니다.

영지 입구의 커다란 호수, 저택으로 올라가는 오래된 자작나무 길, 주변의 사과나무 밭, 그리고 외가 식구들이 살았던 발콘스키의 집 등을 지나면 아담한 2층 규모의 에메랄드 빛 저택을 만나게 됩니다. 이곳이 세계

▼톨스토이 저택

적 명작의 산실입니다. 지금은 저택 박물관이 되어 있습니다. 저택은 개방이 되어 1층과 2층을 모두 둘러볼 수 있으나 내부 사진 촬영은 금지되어 있습니다.

Q: 저택 안에는 어떤 것들이 남아 있나요?

저택 안에는 톨스토이가 읽었다는 2만권에 이르는 책과 집필실, 침실, 식당 등이 있습니다. 그랜드피아노가 있는 2층의 식당에는 당대 저명 화가들이 그린 가족들의 초상화가 벽 전체에 걸려 있습니다. 식당 바로 옆방은 어렸을 적에 모친을 잃은 톨스토이 형제들과 막내로 태어난 여동생을 어머니처럼 길러준 친척 타치아나 아주머니가 지냈던 작은 방이 있습니다. 톨스토이의 어머니 마리야는 톨스토이가 두 살 때 세상을 떠났습니다. 타치아나 아주머니는 톨스토이 아버지가 부인을 잃은 후 청혼했을 때 청혼은 받아들이지 않았으나 아이들은 정성껏 기르겠다고 약속했답니다. 이 방의 오래된 소파는 톨스토이의 모친이 톨스토이 등 자녀들을 낳은 소파라고 합니다. 이방에서는 톨스토이의 육성녹음을 들려줍니다.

1층에는 톨스토이가 직접 사냥해 잡았다는 사슴의 뿔도 걸려있습니다. 그는 백작이고 부자였으나 저택은 아담하며 그렇게 큰 규모는 아닙니다.

Q: 톨스토이 무덤에는 비석은 물론 아무런 표지도 없다면서요?

톨스토이의 무덤은 저택에서 걸어서 10여분쯤 걸리는 숲 속에 있습니다. 잔디로 덮인 관처럼 생긴 직사각형의 흙무덤에는 고인의 뜻에 따라 아무 표지도 되어 있지 않습니다. 이곳에는 연중 추모객들의 발길이 끊이지 않아 추모객들이 놓고 간 꽃이 늘 무덤 주위에 놓여 있습니다. 2017년까지는 영지 곳곳에 세워져 있는 방향표지판에 러시아어, 영어와 더불어 동양어로는 유일하게 한글이 적혀 있어 한국인 방문객들의 마음을 뿌듯하게 했습니다. 삼성전자가 2003년부터 '톨스토이 문학상'을 꾸준히 후원해 온 인연 때문이라고 했습니다. 그런데 2018년부터 한글 표지가 중국어로 바뀌었습니다. 삼성 측에서 러시아의 톨스토이 박물관 측에 항의를 할 것이라는 이야기를 들었습니다.

▲ 숲 속의 톨스토이 묘

Q: 모스크바에도 톨스토이 박물관이 있지 않습니까?

모스크바에는 두 곳의 톨스토이 박물관이 있습니다. 하나는 국립 톨스토이 박물관이고, 다른 하나는 톨스토이의 모스크바 거처였던 하모브니키 저택 박물관입니다. 톨스토이는 야스나야 폴랴나와 모스크바를 오가며 살았는데 모스크바 하모브니키에도 커다란 저택을 두고 있었습니다.

▲ 모스크바의 국립 톨스토이 박물관

국립 톨스토이 박물관에는 마당에 톨스토이 흉상이 서 있고, 박물관 안에는 톨스토이와 관련된 원고, 사진, 그림, 조각 등 다양한 자료들이 전시되어 있습니다.

그리고 하모브니키 저택 박물관에는 톨스토이가 입었던 옷 등 각종 유품과 사진, 조각, 그림 등이 전시되어 있고, 집필실, 응접실, 침실 등 그가 살던 당시의 모습들을 볼 수 있습니다.

저택은 2층으로 되어있는데, 톨스토이는 그랜드 피아노가 있는 커다란 2층 홀에 당대의 유명한 음악가들을 초청해 연주를 듣곤 했습니다. 특히 부인 소피야가 음악에 관심이 많았습니다. 야스나야 폴랴나 저택 내부는 촬영이 금지되어 있지만, 하모브니키 저택에서는 내부 촬영이 가능했습니다. 톨스토이 박물관은 카프카스 지역의 체첸공화국과 크림반도 등에도 있습니다.

체호프

Q: 두 번째 일정은 멜리호보에 있는 극작가 겸 단편작가 안톤 체호프의 집인데, 이곳은 영지라고 부르지 않나요?

안톤 체호프(1860~1904)는 귀족이 아니었습니다. 농노의 후손이었습니다. 귀족들의 땅은 보통 영지라고 하지만, 체호프가 살았던 멜리호보의 경우는 그렇게 부르지는 않습니다. 체호프가 그 땅을 산 것은 1891년입니다. 서른살 때인 1890년, 시베리아를 거쳐 사할린섬에 다녀오는 대모험을 단행한 후 그동안 원고를 써서 모은 돈으로 모스크바에서 어렵게 살던 가족들과 함께 살기 위해 사들인 가옥이 딸린 제법 큰 땅입니다. 체호프는 흑해 연안 타간로그 출신인데 체호프가 어렸을 때 살림이 어려워져 가족들이 모스크바 등에서 흩어져 살았다고 합니다.

▲ 톨스토이(왼쪽)와 체호프, 고리끼(뒤), 크림반도 가스프라(1901)

Q : 이곳에서 체호프가 『갈매기』를 집필했다지요?

이곳 역시 톨스토이 영지처럼 박물관으로 관리되고 있습니다. 체호프는 이곳에서 『갈매기』 『세 자매』 『바냐 아저씨』 등 많은 작품을 썼습니다. 체호프가 여기서 살 때는 결혼 전이었습니다. 가족들과 함께 살던 본채가 있고 『갈매기』를 쓴 작은 별채가 가깝게 있습니다. 본채와 별채 앞에는 사과밭이 있습니다. 본채 안에는 가깝게 지낸 차이코프스키가 준 사진, 톨스토이의 사진, 체호프 자신의 초상화 등이 전시되어 있고, 사할린에 갖고 갔던 가방도 있습니다. 사할린에 다녀와서는 유형지였던 그곳의 비참한 실상을 담은 『사할린섬』을 출판해 사회적 반향을 불러일으키기도 했습니다. 체호프의 멜리호보 집 대지는 우리 기준으로는 꽤 크지만, 톨스토이의 영지와는 비교가 되지 않는 규모지요. 정원에는 체호프

▲ 멜리호보 안톤 체호프 집 박물관 앞의 체호프 동상.

의 동상과 흉상이 각각 두 곳에 서있습니다.

Q: 체호프의 『사할린섬』에 사할린 한인에 대한 최초의 기록이 있다는데?

그 책 속의 한인에 대한 기록은 매우 간단하지만 최초의 기록이라는 점에서 의미가 있다고 할 수 있습니다. 체호프가 사할린에 갔을 때인 1890년 7월, 사할린 남부 서쪽 해안 마을 마우카(현재 이름은 홀름스크)에서 세묘노프라는 러시아 상인이 다시마 채취사업을 하고 있었는데, 중국인 한국인 러시아인들이 거기에서 일하고 있었다는 내용입니다. 또한 책 뒤쪽의 주석에 1880년의 자료에 마우카 주민의 구성이 유대인 3명, 러시아 군인 7명, 그리고 한국인, 아이누인, 중국인 등 700명이라고 되어있는데, 한인의 숫자는 구체적으로 나와 있지 않습니다.

▼ 사할린 체호프 박물관 앞의 체호프 흉상

사할린의 전체 인구는 1905년 일본이 러일전쟁에 이겨 북위 50도 이남의 사할린 남부를 점령한 후부터 급격히 늘기 시작했으며, 한인들의 숫자는 태평양 전쟁이 시작된 1941년 무렵부터 크게 증가합니다. 주로 광부로 징용된 사람들입니다. 1945

년 종전시 사할린 한인의 수는 4만 3천명에 달했습니다. 패전 후 일본은 자국민만 귀환시키고 한인은 배에 태우지 않았습니다. 그것이 사할린 한인들의 한(恨)이 된 것입니다. 해방 후 남북으로 갈린 조국도 사할린 동포들을 오랫동안 챙기지 못했습니다. 현재 사할린에는 2만 5천명의 동포가 살고 있습니다.

Q: 모스크바 예술극장과 체호프는 각별한 인연이 있지요?

그래서 모스크바 예술극장 앞에 체호프의 동상이 서 있습니다. 정확히는 극장 골목 맞은편이라고 해야 할 것 같아요. 체호프 동상이 거기 서 있는 이유는 체호프의 『갈매기』가 1898년 모스크바 예술극장에서 대성공을 거뒀기 때문입니다. 『갈매기』는 그보다 2년 전인 1896년 상트페테르

▼ 모스크바 예술극장

부르크에서 처음 무대에 올려졌는데 관객의 호응을 받지 못했습니다. 실패한 것이죠. 그후 일부를 고쳐 다시 모스크바 예술극장 무대에 올려 대성공을 거둔 것입니다. 그래서인지 모스크바 예술극장의 상징 문양도 갈매기입니다.

그러나 체호프는 『갈매기』의 성공 후 6년만인 1904년 불과 44세로 세상을 떠납니다. 젊어서부터 앓았던 폐결핵 때문이었습니다. 그의 작품은 지금도 셰익스피어 다음으로 세계적으로 가장 많이 무대에 올려지고 있습니다.

푸시킨

Q: 모스크바의 푸시킨 박물관과 톨스토이 박물관도 방문하나요?

시간이 허락하면 다 갈 수 있겠지요. 푸시킨 박물관도 실은 한 곳이 아닙니다. 널리 알려진 울리차 프레치스텐카에 있는 큰 규모의 푸시킨 박물관 외에 아르바트 거리 입구에 있는 아담한 푸시킨 신혼집 박물관도 있습니다.

대개 큰 푸시킨 박물관 한 곳만 들르는데, 러시아 문학의 아버지로 불리는 푸시킨을 기리기 위해 제정러시아 시절 유력한 귀족의 저택을 개조해 만든 것입니다. 푸시킨의 유품이나 그의 문학과 관계되는 물건들만 있는 것은 아니고, 당시 상류층의 옷차림을 알수 있는 남녀 귀족들의 의복 등도 전시되어 있습니다.

▼ 모스크바 푸시킨 박물관의 푸시킨 흉상

푸시킨 박물관을 방문한 후 시간이 허락하면 인근의 톨스토이 박물관을 방문할 수 있습니다. 톨스토이 박물관은 푸시킨 박물관에서 멀지 않습니다.

도스토옙스키

Q: 모스크바의 도스토옙스키 박물관은 어떤 특징이 있나요?

도스토옙스키 박물관은 러시아에 6곳, 카자흐스탄에 1곳 등 모두 7곳에 있습니다. 그중 모스크바에 있는 것은 생가 박물관입니다. 도스토옙스키가 태어난 곳이죠. 마린스키 빈민 구제병원 부속 건물로 의사들의 관사로 쓰이던 3층짜리 건물입니다. 아버지가 이 병원의 의사였습니다. 도스토옙스키는 1821년 여기서 태어났습니다. 7남매 중 둘째였던 도스토옙스키는 16살 때 공병학교에 진학하기 위해 한 살 위의 형 미하일과 상트페테르부르크로 가기까지 계속 이곳에서 자랐습니다. 가족들은 건물 1층 한쪽을 썼는데, 여기서 온 식구가 함께 살았습니다. 지금은 1층 전체를 박물관으로 개조해 방문객들을 맞고 있습니다. 옛 병원건물 앞에는 커다란 도스토옙스키의 동상이 서 있습니다.

부록2

러시아 문학기행 Q & A (2)
'러시아~'하면 떠오르는 영화 '닥터 지바고'

파스테르나크

Q: '러시아~'하면 영화 '닥터 지바고'가 먼저 떠오른다는 사람들이 많습니다. 파스테르나크가 『닥터 지바고』를 집필한 페레델키노는 어떤 곳인가요?

러시아 문학기행에서 빠뜨릴 수 없는 곳이 작가 보리스 파스테르나크(1890~1960)가 살았던 페레델키노입니다. 이곳은 모스크바 인근의 작가촌

▼ 모스크바 인근 페레델키노의 파스테르나크의 집

입니다. 작가들이 모여살던 곳이지요. 그가 살던 집은 별장같은 외관의 아담한 이층입니다. 별장이라고 불리는 이유이기도 합니다. 파스테르나크는 이곳에서 『닥터 지바고』를 집필했습니다. 그리고 1960년 여기서 생을 마감했습니다.

마당에는 작은 과수밭이 있고, 곧게 자란 높은 나무들이 집 주위를 둘러싸고 있습니다. 파스테르나크가 이곳에서 살 때인 1958년 『닥터 지바고』가 노벨 문학상에 선정되면서 그는 러시아 국내에서 시기, 질투, 공격의 대상이 됩니다. 『닥터 지바고』는 체제 비판적인 작품의 성격 때문에 러시아 국내 출판이 금지된 상태에서 원고가 비밀리에 국외 반출돼 이탈리아에서 노벨상 선정 한해 전인 1957년에 출판됐습니다. 파스테르나크는 제2차 세계대전이 끝난 해인 1945년부터 1955년까지 10년에 걸쳐 이 소설을 썼습니다.

당시는 독재자 스탈린이 1953년에 죽은 후 스탈린 격하 운동을 펼치던 후루쇼프 체제였지만, 소련 국내에서는 이 책의 노벨상 수상을 용납하지 못 하는 분위기였습니다. 노벨 문학상 선정 소식이 전해진 후 소련작가동맹은 파스테르나크를 제명했고 급기야 그는 국외 추방을 당할 위기에 몰리게 됐습니다. 파스테르나크는 최고 권력자 후루쇼프에게 "조국을 떠난다는 것은 저에게 죽음을 의미합니다"라는 청원서를 보냈습니다. 그는 국외추방은 면했으나 결국 노벨상 수상을 거부할 수 밖에 없었습니다.

Q: 파스테르나크는 노벨상 수상 논란 후 오래 살지 못했지요?

▲ 2층 서재의 파스테르나크 사진

노벨상 선정에 따른 극심한 국내적 논란은 그를 매우 지치게 했습니다. 그는 2년 후인 1960년 폐암과 심장병으로 페레델키노에서 세상을 떠났습니다. 사인은 병사이지만, 심적 고통 속에서 세상을 떠났다고 봐야 할 것입니다. 파스테르나크 집 1층 그의 방에는 그가 숨을 거둔 청회색 소파와 벽에 걸린 그의 데드마스크가 방문객들에게 '짠'한 인상을 주고 있습니다.

『닥터 지바고』가 노벨 문학상 수상작으로 선정되지 않았다면 그는 좀 더 살았을지도 모릅니다. 그는 생전에 타의에 의해 노벨 문학상 수상을 거부했지만, 그의 사후 29년 뒤인 1989년 아들 예브게니가 대리 수상했습니다.

Q: 작가 사후 시베리아의 수용소로 끌려간 작가의 애인 이야기도 있지 않습니까?

파스테르나크에게는 올가 이빈스카야(1912~1995)라는 애인이 있었습니다. 스물두 살이나 나이 차이가 났지요. 이빈스카야는 편집자로 일하던

▲ 올가 이빈스카야와 보리스 파스테르나크

1946년 파스테르나크를 알게돼 연인 관계가 됐습니다. 『닥터 지바고』의 지바고와 라라의 관계를 연상시킵니다.

그러나 파스테르나크와의 관계 때문에 이빈스카야는 1949년부터 스파이 혐의로 5년이나 수용소 생활을 했고, 파스테르나크 사후에도 4년간 시베리아 수용소에서 고초를 겪었습니다. 『닥터 지바고』의 원고를 몰래 이탈리아로 빼돌려 출판하고, 해외 인세를 불법으로 받았다는 혐의였습니다. 파스테르나크와의 만남으로 고난에 찬 생을 산 이빈스카야는 1995년 83세로 세상을 떠났습니다.

Q: 파스테르나크의 아버지는 톨스토이 소설의 삽화를 그린 화가였다지요?

보리스 파스테르나크의 아버지 레오니드 오시포비치 파스테르나크는 당대 유명한 화가였습니다. 그래서인지 페레델키노 집 박물관 안에는 그의 아버지가 그린 많은 삽화들이 전시되어 있습니다. 레오니드는 톨스토이 소설 『부활』의 삽화를 그린 것으로 유명합니다. 아버지 레오니드의 작품들이 파스테르나크 집 박물관의 많은 부분을 차지하고 있어 그곳은 마치 파스테르나크 부자의 박물관 같기도 합니다. 어머니 로자리야 이시도로브나도 유명한 피아니스트였습니다. 보리스는 4남매 중 맏이입니다. 아래로 남동생 하나와 여동생 둘이 있었습니다. 경제적인 여유가 있는 예술가 가족이었습니다. 아버지가 유명인사여서 집안에는 저명한 예술인들의 방문이 잦았습니다. 작곡가 겸 피아니스트 세르게이 라흐마니노프, 역시 유명한 작곡가이자 피아니스트인 알렉산드르 스크랴빈, 독일 시인

▼ 파스테르나크의 아버지 레오니드가 그린 톨스토이 소설 '부활'의 삽화들

라이너 마리아 릴케 등 음악인, 문인들이 자주 찾아왔습니다.

Q: 파스테르나크는 어려서 피아니스트의 길을 가다가 포기하고 철학공부를 하다 시인이 됐다고 하는데

파스테르나크는 열두 살 때부터 앞에서 말한 스크랴빈을 흠모하여 음악가가 되고자 했습니다. 이후 6년간의 김나지움 시절 파스테르나크는 이름있는 음악가들로부터 작곡이론 등을 공부했습니다. 그러나 그는 점점 음악에 자신감을 잃었습니다. 마침내 그는 음악가의 길을 포기합니다. 그리고 1908년 모스크바 대학에 진학해 처음에는 법을 전공하다가 철학으로 방향을 바꿉니다. 4년 후인 1912년 독일 마르부르크로 유학을 떠나 철학 공부를 계속하다가 이듬해인 1913년 귀국해 모스크바대학을 졸업합니다. 그리고 1914년 첫 시집 '먹구름 속의 쌍둥이'를 내놓고 이후 본격적인 시인의 삶을 시작합니다.

▼ 파스테르나크의 데드 마스크

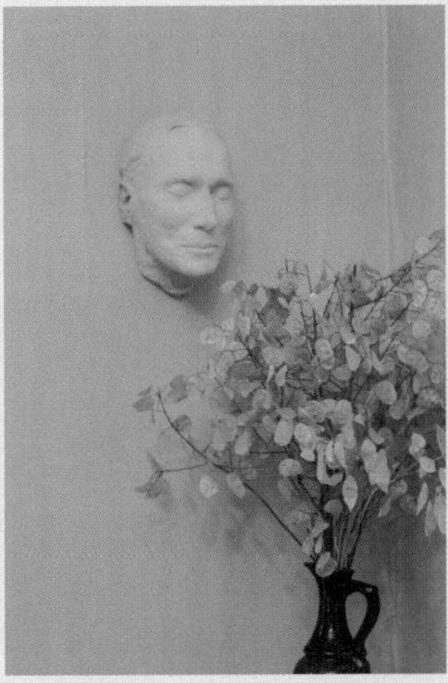

그러나 시만으로는 생계를 유지하기 어려워 1914년부터 2년간 가정교사 생활을 하기도 합니다. 그뒤 우랄산맥에 위치한 군수품 공장에서 사무원 생활을 하지요. 당시는 1차 세계대전 중이었는데, 파스테르나크

는 10대 때 말에서 떨어져 다리가 부러졌던 적이 있어 한쪽 다리가 짧았습니다. 그래서 군복무대신 군수공장에서 일을 했던 것입니다.

그후 구 소련의 스탈린 시절, 모든 예술인들과 마찬가지로 그 역시 시인으로서 창작활동에 많은 제약을 받았습니다. 파스테르나크가 볼셰비키 혁명에 비판적인 시각을 갖고 있음에도 불구하고 그 시절 문인들에 대한 가혹한 숙청의 소용돌이 속에서 살아 남을 수 있었던 것은 그가 스탈린의 고향인 그루지아(*구 소련 구성국가, 현재의 조지아)의 문학작품들을 번역한 덕에 스탈린의 특별명령이 있었기 때문이라는 이야기도 있습니다. 특이한 점은 파스테르나크는 소설은 『닥터 지바고』 단 한편을 썼을 뿐이라는 것입니다. 물론 산문은 더러 썼습니다.

▼ 오마 샤리프를 표지로 한 러시아판 '닥터 지바고'

Q: 『닥터 지바고』는 영화로 더 유명해지지 않았습니까?

1958년 노벨 문학상 선정과 거부로 유명해진 파스테르나크의 『닥터 지바고』는 1965년 영국의 데이비드 린 감독이 영화화하여 세계적인 히트를 침으로써 더 유명해졌습니다. 데이비드 린 감독은 '콰이강의 다리' '아라비아의 로렌스'로 유명한 분입니다. 영국에서 기사 작위까지 받았지요. 파스테르나크 사후 5년 되던 해 이 영화가 개봉됐습니다. 영상미가 출중한 아름다운 영화입니다. 6개 부문의 아카데미상을 수상했습니다. 책을 읽은 사람보다는 영화를 통해 『닥터 지바고』를 알게된 사람이 훨씬 더 많을 것입니다.

이 영화에서는 이집트 출신의 오마 샤리프와 영국 배우 줄리 크리스티가 남녀 주역을 맡아 열연했습니다. 지바고의 본처인 순종적 여성 토냐 역을 맡은 제랄딘 채플린은 유명한 코미디언이자 영화감독인 찰리 채플린의 딸입니다.

Q: 정작 러시아에서 찍은 장면은 없다면서요?

영화를 당연히 러시아에서 찍었을 것 같은데 당시 냉전 상황에서 러시아에 갈 수 없었으므로 주로 스페인, 캐나다, 핀란드에서 찍었습니다.

캐나다에서는 로키산맥 밴프 인근의 레이크 루이스 기차역과 산맥위의 빙하지대에서 촬영했고, 고드름이 주렁주렁 매달린 소설 속 우랄 산맥

▼ 1차세계대전중 전선에서 의사와 간호사로 만난 지바고와 라라(영화의 한 장면)

근처 바리키노의 얼음집은 스페인의 소리아란 곳에서 눈 대신 대리석 가루를 뿌리며 찍었다고 합니다. 핀란드에서도 열차 장면 등을 찍었습니다.

프랑스 출신 작곡가 겸 지휘자인 모리스 자르가 작곡한 발라라이카 선율이 가슴을 울리는 영화의 배경음악 '라라의 테마'도 유명하지요. 영화 속에 '라라의 테마'의 배경으로 나오는 노란 수선화밭도 일품입니다.

『닥터 지바고』는 소설 뿐만 아니라 영화로 더 널리 알려짐으로써 '러시아~'하면 떠오르는 상징 중의 하나가 되었습니다.

Q: 모스크바에서 상트페테르부르크로 출발하기 전에 붉은광장과 바실리 성당 등도 둘러보겠지요?

▲ 붉은광장 한쪽의 바실리 성당

모스크바를 상징하는 유명한 붉은 광장을 빼놓을 수 없지요. 모스크바 크렘린 성벽 앞인데 생각처럼 크지는 않습니다. 광장 끝에는 아름다운 불꽃 모양의 첨탑으로 유명한 바실리 성당이 있습니다. 그리고 광장을 사이로 크렘린 성벽 맞은 편에는 굼 백화점이 있습니다.

Q: 모스크바에서 상트페테르부르크로 가는 열차는 어떤 것들이 있나요?

모스크바에서 상트페테르부르크로 가는 열차는 여러 종류입니다. 우리나라 KTX같은 고속철이 있는데, 약 4시간 걸립니다. 철길로는 650km입니다. 찻길로는 710km라고 하구요. 침대열차의 경우, 밤 11시쯤 출발하면 상트페테르부르크에 아침에 도착합니다. 4인1실의 침대칸을 주로 이용합니다. 러시아 열차에서의 하룻밤도 좋은 추억이 될 것입니다.

모스크바-상트페테르부르크 간 철도는 19세기 중엽인 1851년 11월에 부설된 것입니다. 모스크바에서 상트페테르부르크로 가는 기차는 레닌그라드(*소련 시절 상트페테르부르크의 이름)역에서 탑니다. 레닌그라드 즉 상트페테르부르크 쪽으로 가는 열차를 타는 역이기 때문에 역 이름을 그

▼ 모스크바에서 상트페테르부르크 행 기차를 타는 레닌그라드역.

렇게 붙였다고 합니다. 출발역에 목적지의 이름을 붙이는 것은 러시아식 입니다. 모스크바-상트페테르부르크간 철로가 완성된 1851년은 도스토옙스키가 시베리아 옴스크에서 힘겹게 유형살이를 할 때입니다.

레닌그라드역 대합실에는 철로를 완공할 때의 차르인 니콜라이 1세의 부조와 함께 철도부설 기념 동판이 붙어있습니다.

부록3

러시아문학기행 Q & A (3)
상트페테르부르크에서 만나는 도스토옙스키와 푸시킨

운하의 도시 상트페테르부르크

상트페테르부르크는 아름다운 운하의 도시다. 표트르 대제(1672~1725) 때 발틱해와 접하는 네바강 하구에 계획적으로 건설되었다. 1703년부터 도시 건설을 시작해 10년 후인 1713년 수도를 모스크바에서 이곳 상트페테르부르크로 옮겼다. 볼셰비키 혁명 다음해인 1918년 모스크바가 다시

▼ 상트페테르부르크의 운하

수도가 되기까지 200년 이상 제정러시아의 수도였다.

상트페테르부르크는 러시아가 자랑하는 국민시인 푸시킨과 대문호 도스토옙스키가 활동한 곳이며 생을 마친 곳이기도 하다. 두 사람의 출생지는 모두 모스크바다. 푸시킨과 도스토옙스키가 숨을 거둔 상트페테르부르크의 아파트는 각각 문학 박물관이 되어 일반에 개방되고 있다.

도스토옙스키

Q: 도스토옙스키의 소설 『죄와 벌』의 무대가 상트페테르부르크 아닌가요?

맞습니다. 도스토옙스키는 『죄와 벌』을 1865년 궁핍한 유럽여행 중 구상하고 쓰기 시작했지만 본격적으로 집필한 곳은 상트페테르부르크입니

▼ 라스콜리니코프의 집

다. 상트페테르부르크에는 도스토옙스키가 『죄와 벌』을 쓴 아파트인 알론킨하우스가 그대로 남아있습니다. 아파트 건물 벽에는 '도스토옙스키가 『죄와 벌』을 쓴 집'이란 표지도 붙어있습니다.

『죄와 벌』에 등장하는 센나야 광장, 그리보예도바 운하 위의 K(코쿠시킨)다리, 라스콜리니코프의 집 등 소설 속의 현장도 모두 도스토옙스키가 『죄와 벌』을 쓴 아파트 인근에 있습니다. 라스콜리니코프의 집이라는 것도 도스토옙스키가 자기집 인근의 한 아파트를 소설 속 주인공이 하숙들어 사는 집으로 묘사하고 있는 것일뿐이지만 마치 라스콜리니코프가 실제 살았던 것 같은 착각을 불러일으킵니다.

▼ 박정곤 교수(오른쪽, 전 고리끼 문학대학)가 한국에서 온 러시아문학애호가들에게 라스콜리니코프 집의 부조와 그 아래 글귀에 대해 설명하고 있다.

라스콜리니코프 집 모퉁이에는 외투를 입은 도스토옙스키의 부조가 붙어있는데 그 아래 다음과 같은 글귀가 새겨져있습니다.

"이곳 페테르부르크에 사는 사람들의 비극적인 운명은 도스토옙스키에게 모든 인류를 향해 선을 열정적으로 설파하는 토대가 되었다."

다시말해 이곳 사람들의 삶이 도스토옙스키에게 문학적 토양을 제공해주었다는 설명이지요.

Q: 도스토옙스키가 마지막으로 살았던 아파트는 도스토옙스키 문학 박물관이 되어 있다지요?

본문의 내용과 다소 중복되지만 계속해 설명을 하겠습니다. 도스토옙스키가 마지막으로 살았던 쿠즈네치느이 길에 있는 아파트는『죄와 벌』의 무대가 된 센나야 광장 주변과는 조금 떨어진 곳에 있습니다. 지금은 아파트 내부를 다소 개조해 상트페테르부르크 도스토옙스키 문학 박물관으로 사용중입니다.

박물관이 들어있는 아파트 골목 입구에는 도스토옙스키의 앉아있는 동상이 있고, 동상 맞은 편에는 도스토옙스키 가족들이 다녔던 블라지미르 성당이 있습니다. 골목길에는 신선한 야채 등을 상자 위에 놓고 파는 노점상들이 길게 자리를 잡고 있습니다.

성당에서 아파트는 멀지 않습니다. 골목 안쪽으로 조금 들어가면 4층

▲ 상트페테르부르크 도스토옙스키 박물관(오른쪽 건물) 앞 골목

짜리 아이보리색 건물이 보입니다. 골목이라고는 해도 차량이 교차해 넉넉히 지날 수 있는 길입니다. 차량통행도 빈번합니다. 겉으로는 4층 건물이지만 반지하까지 포함하면 5층 건물입니다. 2백년이나 된 건물이지만, 돌로 단단하게 지어진 것이어서 아직도 매우 견고해 보입니다.

박물관은 이 건물 2층의 일부이며, 박물관 입구는 길쪽 코너에 있고, 반지하로 들어갑니다. 입구에는 도스토옙스키 박물관이라는 간판이 걸려있습니다.

도스토옙스키는 이 아파트 2층에 살았습니다. 그는 이 아파트와 상트페테르부르크 남쪽의 온천휴양지 스타라야루사 별장을 오가며 그의 생의 마지막 작품인 『카라마조프 씨네 형제들』을 썼습니다. 그는 이 아파트에서 2년 반 가량 살았습니다.

Q: 박물관은 그가 살던 집 그대로인가요?

생활공간 구조자체는 그대로인 것으로 보입니다. 지하 매표소에서 입장권을 산 후 계단을 따라 도스토옙스키 가족이 살던 아파트 2층으로 올라가면 입구에 도스토옙스키가 쓰던 모자와 우산 등이 그대로 전시되어 있는 것을 볼 수 있습니다. 안으로 들어가면 먼저 아이들 방이 나옵니다. 딸 류보피와 아들 표도르(페쨔)가 쓰던 방이죠. 표도르가 좋아하던 말 인형도 있습니다. 이어 아내 안나의 방, 식당, 거실, 서재가 나옵니다. 도스토옙스키를 빚에서 벗어나게 한 알뜰한 두 번째 아내 안나와 남매의 사

▼아이들 방

진, 안나가 쓰던 가계부, 속기 노트 등이 있고 거실에는 도스토옙스키가 쓰던 노란색 담배곽도 있습니다.

도스토옙스키가 작품을 쓴 서재의 책상 위에는 2개의 촛대와 원고 등이 놓여있고 서재 끝에 있는 소파 위의 벽에는 그가 좋아했던 라파엘로의 작품 '시스티나의 성모'가 걸려있습니다. 성모가 아기 예수를 안고있는 주요 부분만 복사한 복제품입니다.

'시스티나의 성모' 복제품은 툴라주 야스나야 폴랴나에 있는 톨스토이 저택에도 똑같은 것이 걸려있는데 아마 당시 문인들이 좋아했던 성화인 것 같습니다.

도스토옙스키는 1881년 1월 28일 이 서재의 소파에서 폐출혈로 숨을 거뒀습니다. 서재의 시계는 그가 숨진 시간인 밤 8시 38분을 가리키고 있습니다.

이같이 가족이 살던 실제 생활 공간 외에 도스토옙스키의 데드 마스크, 도스토옙스키 관련 사진과 그림 등을 볼 수 있는 별도의 추가 전시실이 바로 옆으로 연결되어 있습니다.

푸시킨

푸시킨의 마지막 아파트

러시아의 국민시인 알렉산드르 푸시킨(1799~1837)이 숨진 상트페테르부르크의 아파트도 푸시킨 문학 박물관으로 일반에 개방되고 있다.

Q: 푸시킨 박물관이 된 푸시킨의 마지막 아파트는 옛 황궁인 에르미타주 박물관 근처라지요?

푸시킨이 최후를 맞은 푸시킨 집은 황제의 겨울궁전(현재의 에르미타주 박물관)에서 멀지 않은 곳에 있습니다. 겉으로는 반지하층을 포함해 4층짜리 건물입니다. 노란색 아파트 앞으로는 운하가 흐르고 있고 박물관은 집안의 정원을 통해 들어가도록 되어 있습니다.

푸시킨의 집이 황제의 궁전 가까이에 있는 이유는 그가 1834년부터 황실의 침소 부시종장으로 임명되었기 때문입니다. 차르 니콜라이 1세가 푸시킨을 침소 부시종장으로 임명한 이유는 미모인 푸시킨의 아내 나탈

▼ 푸시킨 아파트

▲ 알렉산드르 푸시킨

▲ 푸시킨 아내 나탈리아 곤차로바

리야 곤차로바가 궁정 무도회에 자주 참석할 수 있도록 하기 위해서였을 것이라는게 일반적인 분석입니다. 차르가 나탈리야에게 관심이 많았다는 얘기이지요.

푸시킨도 당시 일기에, "침소 부시종장은 내 나이에 걸맞지 않는 직책이지만, 황실은 나탈리야가 궁전에서 춤추기를 원한다"고 썼습니다.

Q: 미모의 아내 때문에 푸시킨은 명을 재촉하게 되지 않습니까?

그렇다고 할 수 있지요. 미인 아내 때문에 푸시킨은 속앓이를 많이 할 수 밖에 없었습니다. 앞서 말한 차르 니콜라이 1세도 나탈리야를 내심 좋아했으니까요. 푸시킨은 나탈리야와 13살 차이였는데, 그녀는 남편의 작품활동 같은데는 별 관심이 없고 궁정의 무도회에 나가는 것을 좋아했다고 합니다. 결국 아내 때문에 벌어진 결투로 세상을 떠난 것이니 미인 아내가 화근이 된 셈입니다.

푸시킨 박물관에 들어가면 그의 살림집으로 들어가는 계단 아래 복도에 당시 결투에 사용했던 권총이 전시돼 있습니다. 물론 같은 종류의 총일 것입니다.

Q: 결투를 피할 수는 없었나요?

결투는 푸시킨이 먼저 신청한 것입니다. 당시 귀족사회에서는 아내나 누이에게 누군가가 추근대면 명예를 지키기 위해 결투를 하곤 했습니다. 주로 치명상을 입을 수 있는 권총 결투였습니다. 법적으로는 금하고 있었지만, 결투의 사회적 전통은 계속됐다고 합니다.

▼ 푸시킨이 숨을 거둔 푸시킨 집 서재(상트페테르부르크)

푸시킨은 아내에게 관심을 보이는 차르 니콜라이 1세야 어쩔 수 없었지만, 아내를 유혹하려는 프랑스 장교 출신이며 당시 황실 근위대 장교였던 단테스에 대해서는 분개했습니다. 단테스는 푸시킨의 처형과 결혼해 둘은 동서지간이 되기도 했지만, 단테스와 나탈리야와의 관계에 대한 소문은 사라지지 않았습니다. 결국 두 사람은 결투를 하게 됐고, 군인과 시인의 권총 결투 결과 푸시킨은 복부에 치명상을 입고 이틀만인 1837년 1월 29일 자신의 서재 소파에서 숨을 거두고 말았습니다. 푸시킨은 자신이 쓴 운문소설 『예브게니 오네긴』에 나오는 렌스키가 자기의 애인과 히히덕 거리던 오네긴에게 결투를 신청했다가 죽는 것처럼 똑같은 상황 속에서 38세라는 아까운 나이에 세상을 떠났습니다.

Q: 푸시킨이 숨진 서재도 그대로인가요?

푸시킨의 큼직한 서재도 잘 보존이 돼 있습니다. 책상과 고동색 소파도 그대로라고 합니다. 당시 러시아에서는 소파가 침대의 역할도 했기 때문에 소파에서 임종하는 경우가 많았습니다.

푸시킨도 총상을 입은 후 서재의 소파로 옮겨졌었지요.

▼ 푸시킨의 사후 초상화와 데드 마스크

집안에는 아이들 놀이방을 비롯해 여

러개의 방이 있고, 푸시킨과 나탈리야의 초상화, 푸시킨의 임종 후 그려진 사후 초상화와 데드 마스크도 있습니다. 푸시킨은 나탈리야와의 사이에 2남 2녀, 4명의 자녀를 두었습니다. 나탈리야는 그 뒤 황실 근위대 란스코이 장군과 재혼했습니다. 란스코이는 푸시킨을 죽인 단테스의 친구였습니다. 나탈리야는 란스코이와의 사이에도 아이를 셋 낳았는데 니콜라이 1세가 첫 아이의 대부가 돼주었습니다.

푸시킨 집 정원에는 원주형 기단 위에 우뚝 서있는 푸시킨의 동상이 찾아오는 이들을 맞고 있습니다.

푸시킨과 상트페테르부르크 문학카페

상트페테르부르크의 문학카페는 푸시킨의 단골 카페였다. 단테스와 결투를 하던 날도 이 카페에 들렀다 주스를 한잔 마시고 갔다. 그리고 다시는 돌아오지 못했다.

Q: 그 문학카페는 아직도 같은 장소에서 여전히 영업중이라는데 푸시킨의 흔적이 남아있나요?

상트페테르부르크 시내의 운하 옆에 있는 문학카페는 2층으로 되어있는데, 입구 옆의 벽면에 푸시킨을 스케치한 초상화가 그려져있어 이곳이 푸시킨과 관련이 있는 곳임을 금세 알 수 있습니다. 이 카페는 푸시킨의 단골 카페였기도 하지만 단테스와 결투를 하러가기 전에 이곳에 들러 크

▲ 문학카페

▲ 문학카페의 푸시킨 밀랍인형

랜베리주스를 한잔 마시고 간 것으로 유명합니다.

카페 외부 벽면에는 문학카페가 1816년에 문을 열었다고 쓰여 있습니다. 개업한 지 2백 년이 더 됐다는 것이죠. 1층 입구 쪽에는 창가 테이블 앞에 홀로 앉아 있는 모습의 푸시킨 밀랍인형이 있습니다. 붉은 상의를 입은 채 테이블 위에 두 손을 올려놓은 자세로 카페에 들어오는 사람들을 하나하나 유심히 바라보는 듯합니다.

관광객들은 이 밀랍인형 옆에 서서 사진을 찍곤 하지요. 2층으로 올라가는 계단의 벽에는 푸시킨은 물론 고골, 레르몬토프, 도스토옙스키, 네크라소프 등 19세기 유명 문인들의 초상화가 걸려 있습니다. 2층 벽면에는 푸시킨의 아내 나탈리야의 초상화가 있고 그 아래 결투용 권총 2정이 전시되어 있어 눈길을 끕니다.

권총 사이에는 유명화가 일리야 레핀이 그린 결투장면 상상화를 표지로 한 책이 놓여 있습니다. 푸시킨 작품 『예브게니 오네긴』 속의 결투장면을 그린 것이지만, 푸시킨과 단테스의 결투 장면도 비슷했겠죠. 문학카페란 이름은 푸시킨 사후에 붙여졌을 것입니다.

주스 한잔을 마시고 자신이 죽을지도 모를 결투장소를 향할 때 푸시킨은 어떤 심정이었을까요? 미인 아내 때문에 속앓이를 하다가 결투로 38세에 세상을 떠난 푸시킨의 최후에 안타까운 마음을 갖지 않을 수 없습니다.

에르미타주 박물관 등 상트페테르부르크의 명소들

Q: 푸시킨 박물관에서 에르미타주 박물관은 가까운 거리에 있지 않습니까?

영국의 대영박물관, 프랑스의 루브르 박물관과 더불어 세계 3대 박물관의 하나인 에르미타주 박물관은 상트페테르부르크에서 빼놓을 수 없는 명소입니다. 제정러시아 황제들의 겨울궁전이 박물관이 된 것이죠. 러시아 자체의 미술품 뿐 아니라 18세기 예카테리나 2세 여제 때 많이 사들인 유럽의 명화들을 감상할 수 있습니다.

그 진귀한 예술품들은 과거에는 황실과 귀족들의 전유물이었지만 이

▼ 상트페테르부르크 에르미타주 박물관

▼ 여름궁전

제는 전세계 모든 이들이 만날 수 있는 러시아의 자랑거리 중 하나입니다. 이 박물관의 미술품 중 특히 성서의 일화를 소재로 한 렘브란트의 '탕자의 귀향'에 각별한 관심을 보이는 이들이 많습니다. 이 그림 역시 예카테리나 2세 여제가 1766년 사들인 것입니다. 가로 1.8미터, 세로 2.4미터의 캔버스에 유화물감으로 그린 대작입니다.

Q: 그밖에도 명소들이 많지 않습니까?

화려한 분수들로 유명한 여름궁전, 호박방으로 유명한 예카테리나 궁전, 제정러시아 시절 도스토옙스키 등 정치범들을 가둬놓았던 뾰족하고 높은 황금빛 첨탑으로 유명한 페트로파블롭스크 요새도 둘러볼 만한 곳입니다. 요새 안에는 표트르 대제의 동상이 있습니다.

▼ 데카브리스트 광장의 표트르 대제 청동기마상

넵스키 대로에서 보이는 양날개를 둥글게 펼친 모습을 한 카잔성당의 위용도 대단합니다. 나폴레옹 전쟁이 터지기 한해 전인 1811년 10년 만에 완공된 건물입니다. 카잔성당 앞에는 나폴레옹 전쟁을 승리로 이끈 영웅 쿠투조프 장군의 동상이 서 있습니다. 쿠투조프 장군의 장례식이 이곳

에서 있었습니다. 대형 황금 돔으로 유명한 이삭성당, 예카테리나 2세 여제 때 세운 표트르 대제의 청동 기마상이 있는 데카브리스트 광장(원래 이름은 원로원 광장), 1881년 폭탄테러로 사망한 알렉산드르 2세를 추모하기 위해 아들 알렉산드르 3세가 세운 화려한 외관의 피의 구세주 성당, 뱃머리 등대 등 상트페테르부르크와 그 주변에는 둘러볼만한 곳들이 많습니다.

부록 4

시베리아 횡단열차와 오후 4시의 점심

갈 때부터 차질 빚은 열차 내 주문 식사

도스토옙스키의 유형지 옴스크의 도스토옙스키 박물관에 가기 위해 시베리아 노보시비르스크에 도착한 2017년 10월 4일. 이날 저녁은 뿌뻰하우스라는 노보시비르스크 시내의 오래된 인형극장식당에서 내가 이번 여행에 동행할 동포 김준길 교수 가족(김 교수, 부인 나탈리아 이남순 씨, 딸 나니)을 초청해 식사를 함께했다. 식사를 천천히 한 후 나탈리아의 차를 타고 노보시비르스크역으로 갔다. 개찰구가 열리는 시간까지 구내 커피

▼ 노보시비르스크역

숍 비슷한 곳에서 잠시 기다렸다. 30분 전에 개찰구가 열려 김 교수와 같이 열차에 올랐다.

노보시비르스크와 옴스크 사이는 시베리아 횡단열차 구간이다. 횡단열차는 1,2,3등칸으로 구분되어 있다. 비행기로 치면 퍼스트 클래스, 비즈니스 클래스 이코노믹 클래스 같은 차이이다. 나는 횡단열차를 몇 번 탔지만, 이전까지는 모두 2등칸인 4인 1실(쿠페)을 탔었다. 이번에는 구간이 길지 않았으므로 1등 칸을 타보기로 하고 2인 1실(룩스)을 예약했다. 값은 같은 구간의 비행기 일반석 삯(2825루블:48달러)보다 배 이상 비쌌다. 편도 6490루블(미화 112달러)에 식사 1회를 포함하면 7467루블(미화 129달러)이다. 식사 값이 17달러인 것이다.

룩스 객실로 막상 들어가 보니 2층 침대가 없을 뿐 실내의 크기는 쿠페나 다름없었다. 특실이었으므로 식사를 배달시켜 먹을 수 있다는 것이 다른 점이라고 할까. 티켓을 예매할 때 식사주문 여부도 묻는다고 했다. 나는 횡단열차에서 식사를 배달시켜 먹어 본 적이 없었으므로 메일로 식사 주문 여부를 물어 온 김 교수에게 그것도 한번 해보자고 했다. 노보시비르스크에서 밤중에 기차를 타 이튿날 아침 옴스크에 내리게 되면 식사를 어디서 해야할지 알 수 없었기 때문에 도착 전에 아침 식사를 해결하기 위한 것이기도 했다. 그런데 기차를 타자마자 승무원이 와서 식사를 갖다 주겠다고 한다. 지금은 밤중이니 아침에 먹겠다고 했더니 그렇게는 안된단다. 준비가 다 되어있기 때문에 당장 가져다 주겠다고 하고는

▲ 옴스크로 가던 날 밤 열차 객실로 배달 되어 온 음식

얼마 후 쟁반에 음식을 날라왔다. 자정이 다 된 시간에 식사를 갖다 주니 먹어야 할지 어떨지 얼떨떨한 상황이 되었다. 열차 티켓을 예매하면서 식사를 주문했던 김 교수도 어떻게 된 영문인지 모르겠다고 했다. 식사는 빵과 햄, 치즈, 방울 토마토, 오렌지 주스, 홍차 등으로 간소했다. 아침으로 먹으면 딱 좋을 분량이다. 우리는 음식을 조금 입에 댄 뒤 아침에 기차에서 내리기 전에 마저 먹기로 하고 침대에 누웠다. 옴스크까지는 8시간 반이 걸렸다. 노보시비르스크와 옴스크는 1시간 시차가 있었으므로 옴스크 시간은 10월 5일 아침 6시 반이다. 옴스크역에 도착했을 때 밖은 아직 어두웠고 눈이 내리고 있었다. 남은 음식은 물론 다 먹고 차에서 내렸다.

오후 4시에 배달된 점심

도스토옙스키 박물관 방문 등 만 하루의 옴스크 일정을 마치고 다음날인 6일 오전 9시 30분 노보시비르스크로 출발하는 열차에 올랐다. 출발 직후 승무원이 와서 점심을 몇시에 먹겠느냐고 묻는다. 김준길 교수가 12시에 갖다 달라고 했다. 그런데 12시가 한참 넘어도 식사가 오질 않

▲ 2인1실(룩스) 객실. 2층침대가 없을뿐 실내 공간은 4인1실과 똑같다.

는다. 김 교수가 식사 주문을 받은 여승무원에게 "12시가 넘었는데 점심이 왜 안오느냐?"고 물었다. 여승무원은 "12시에 갖다달라고 하지 않았느냐?"고 반문했다. 열차 안에서는 모스크바 시간이 기준이므로 모스크바 시간 12시로 알아들었다는 것이다. 모스크바 시간 낮 12시면 옴스크 시간으로는 오후 3시, 노보시비르스크 시간으로는 오후 4시다. 김 교수는 "옴스크에서 9시반에 열차를 탔으므로 옴스크 시간으로 12시라고 말한 것이었다"면서, "아무튼 지금 좀 갖다 줄 수 없겠느냐?"고 말했다. 승무원은 "알겠다"고 하고 돌아갔다. 또 한참을 기다려도 소식이 없다. 김 교수가 한두 차례 채근을 했지만, '곧 올 것'이라는 대답뿐이었다. 그사이에 기차가 정차하는 역 플랫폼에서 현지인들이 들고와서 파는 베레니키라는 작은 물만두 같은 것을 백 루블(한화 약 2천원) 주고 한 그릇 사서 둘이 같이 먹었다. 기다리던 점심은 결국 오후 4시에 왔다. 정확하게 모스크바 시간에 맞춰 온 것이다. 여승무원의 태도는 처음부터 융통성이 없어보였다. 우리에게 '모스크바 시간 12시를 말하는 것이냐'고 물어볼 수도 있었을 텐데… 그러나 열차안에서는 어디서나 모스크바 시간이 기준인 것을 잘 몰라 확인하지 못했던 우리 탓도 있었으므로 '허허' 웃으며 늦은 점심

▲ 옴스크역 플랫폼

을 먹을 수 밖에 없었다. 그 바람에 이날 저녁은 생략했다. 하긴 열차 안에서 식사를 객실로 주문해 먹는 일은 러시아인들도 보통은 별로 경험할 기회가 없다. 러시아인들은 대부분 먹을 것을 미리 준비해 기차를 탄다. 나도 시베리아 횡단 열차를 여러번 타 보았지만, 대개는 가지고 간 음식을 주로 먹었고 몇 차례만 식당 칸을 이용했을 뿐이다. 열차에서 식사를 객실로 주문해 편하고 느긋하게 한번 먹어보려했던 나의 야심찬 계획은 이처럼 갈 때 올 때 모두 차질을 빚고 말았다.

부록 5

도스토옙스키의 마차, 톨스토이의 마차, 장 발장의 마차

도스토옙스키의 첫 사랑을 향한 질주

『러시아 문학기행1』, 제4부에 도스토옙스키가 첫 사랑의 여인 마리야를 만나기 위해 시베리아 세미팔라틴스크(현재 이름은 세메이)에서 즈미예브(현재 이름은 즈메이노고르스크)까지 갔다가 '300km의 거리를 마차를 달려 28시간 만에 돌아왔다'는 얘기를 했다. 그것은 마차를 타고 함께 갔던 브란겔 남작의 회고록에 나와 있는 것이다. 마차로 하루 250km 이상을 달렸다는 것이니 대단한 기록이다.

어떤 종류의 마차인지는 알 수 없다. 마차도 말 한 필만 달린 마차, 쌍두마차, 사두마차, 육두마차 등이 있다. 도스토옙스키는 당시 사병으로 강제 군 복무 중이었는데 아프다는 핑계를 대고 몰래 마리야를 만나러 간 것이므로 잘못해서 발각되면 처벌을 면치 못할 상황이다. 따라서 갈 때 올 때 최대한 빠른 속도로 달렸을 것이다.

▼ 세메이 지도

구글 지도를 살펴보았다. 아무래도 300km는 조

금 과장된 것 같았다. 현재 두 도시간 도로상의 거리로 따져보니 195km다. 브란겔 남작이 일부러 과장한 것은 아니었을 것이다. 일이 있고 나서 한참 후에 쓴 회고록이므로 거리를 부정확하게 기억했을 가능성이 있다.

195km를 28시간에 달렸더라도 하루에 167km를 간 것이다. 보통 이상으로 빠르게 달린 것은 맞다. 그러면 마차의 속도는 대략 얼마나 될까? 톨스토이의 사례를 한 번 보자.

톨스토이의 마차

톨스토이는 34세 때인 1862년 9월 23일 18세의 소피야와 모스크바에서 결혼식을 올린 후 밤 늦게 말 여섯 마리가 끄는 마차를 타고 이튿날 저녁 그의 영지가 있는 야스나야 폴랴나로 돌아왔다. 200km거리를 쏜살

▼ 19세기 러시아 귀족의 마차(영화 '전쟁과 평화'의 한 장면)

같이 달려 집에 도착한 것이다. 약 20시간을 달려왔다고 하는데 이 속도는 보통 여행으로는 의심이 가는 속도라고 한다. 매우 빠른 속도로 달렸다는 이야기다.

전체 거리를 보면 모스크바에서 툴라가 200km, 툴라에서 야스나야 폴랴나가 14km다. 214km를 20시간 정도 걸려 달려왔으므로 시속 10.7km 정도 된다.

우연의 일치지만, 도스토옙스키가 브란겔 남작의 기록처럼 300km를 28시간에 달렸다면 평균 시속은 똑같이 10.7km가 된다.

속도도 속도지만 20시간을 그런 식으로 계속 달렸을 수는 없다. 중간중간 쉬기도 했을 것이다. 따라서 실제 시간당 속도는 더 빨랐을 것으로 보인다. 톨스토이는 집으로 가는 도중 새 신부와 중간의 어느 여관에 들렀다 갔다는 얘기도 있다.

『러시아 문학기행1』에서 이야기했지만, 1837년 도스토옙스키의 아버지가 큰 아들 미하일과 둘째 표도르를 데리고 모스크바에서 7백여km 떨어진 상트페테르부르크까지 갈 때 일주일이 걸렸다고 한다. 이 경우는 하루 100km 정도씩 간 것이다. 이 마차의 경우는 서부개척시대 미국 역마차의 속도와 비슷한 것 같다.

존 웨인의 역마차

존 웨인 주연의 미국 서부영화 '역마차'(Stagecoach, 존 포드 감독, 1939)를 보면 여섯 필의 말이 끄는 역마차가 나온다. 서부시대의 전형적인 역마차의 형태가 이런 것 아니었을까. 영화 속에 보면 마부석에 두 명, 마차 안에 6~7명이 탈 수 있는 구조다. 영화에는 마차가 달리는 모습이 자주 나온다. 인디언들에게 쫓겨 달아날 때는 엄청 속도를 낸다.

▲ 영화 '역마차'의 한장면

미국 서부시대의 대중교통수단이었던 역마차의 평균 속도는 시속 5마일, 즉 8km였다. 하루에 평균 60~70마일을 달렸다. 97~113km를 달렸다는 얘기다. 4두 마차 또는 6두 마차였다.

시대적으로 볼 때 도스토옙스키가 16세 때 아버지를 따라 상트페테르부르크에 갈 때 탔던 마차나 미국 서부시대의 역마차나 속도, 하루 이동거리 등이 거의 비슷해 보인다.

대중교통수단이었던 역마차가 시속 약 8km 정도였다고 볼 때 도스토옙스키나 톨스토이가 탔던 마차의 속도 시속 10.7km(순전히 필자의 계산이지만)는 보통의 마차보다는 빠른 것이 분명하고, 숙박하지 않고 20시간 이상을 달렸다면 말을 혹사시키며 전력 질주한 것으로 봐야 한다.

장 발장의 마차

그런가 하면 빅토르 위고의 『레 미제라블』에도 마차의 속도 이야기가 잠시 나오는데, 내용은 대략 이렇다.

▲ 상트페테르부르크 궁전광장의 관광마차

『레 미제라블』을 보면 주인공 장 발장이 자기로 오인을 받아 중죄인으로 재판을 받고 있는 어떤 사람을 구하기 위해 재판이 열리고 있는 곳으로 마차를 빌려 몰고 급히 가는 장면이 있다. 말 한 필이 끄는 이인승 이륜마차다.

소설에 보면, "말을 채찍질했는데, 말은 한 시간에 25리(*10km, 리는 우리나라의 거리 단위로 1리는 0.4km에 해당)라는 한결같은 속도로 마구 달리고 있었다"는 대목이 있다. 물론 중간에 사료와 물도 먹인다. 장 발장이 갈 곳까지의 거리는 200리(80km) 마차 주인은 8시간도 안 걸린다고 장담했다. 가령 이같은 속도로 10시간을 간다면 하루 100km다.

이렇게 보면 보통의 마차로는 하루 100km 정도를 간다고 보면 될 것 같다. 러시아의 마차도 미국의 역마차도 말에게 먹이도 주고 휴식도 취하게 해야하니 그런 것들을 감안해 속도와 거리를 정했을 것이다. 결론적으로 사랑을 향해 질주한 도스토옙스키의 마차는 보통의 마차보다는 훨씬 빨랐다는 것이 확인된다고 하겠다.

도스토옙스키가 유형 갈 때 탄 말 썰매 이야기

앞에서 마차의 속도에 대한 이야기를 했는데 그 마차는 바퀴 달린 것이다. 그러나 바퀴 달린 마차만 마차가 아니다.

러시아 등 추운 지역에서는 겨울이 되어 눈이 내리고 얼음이 얼면 마차가 말 썰매로 바뀐다. 바퀴 대신 스키 같은 보드를 단 썰매 마차라고 할 수 있다. 눈 위를 달리기는 바퀴보다 보드가 훨씬 낫다. 그러면 19세기 당시 말 썰매의 속도는 어떠했을까?

▼ 말 썰매 (영화 '오네긴'의 한 장면)

의외로 보드를 단 겨울철 말 썰매의 속도는 느리지 않았다. 오히려 눈이 쌓인 평지에서는 바퀴달린 마차보다 빨랐던 것 같다. 두 가지 예를 들어 본다.

말 썰매의 속도를 추측해 볼 수 있는 자료의 하나로 도스토옙스키가 시베리아 유형지로 갈 때의 속도를 생각해 볼 수 있다.

당시 도스토옙스키는 1849년 11월 24일 밤(자정 무렵) 상트페테르부르크에서 말 썰매로 출발해 이듬해 1월 11일 중간기착지 토볼스크에 도착했다. 가는 도중 우랄산맥을 넘어 갈 때 눈이 너무 많이 내려 지체되긴 했지만 중간에 하루도 쉬지 않고 달렸다고 한다. 현재의 계측으로는 상트페테르부르크에서 토볼스크까지의 거리가 2,147km다. 기록에 있는대로 17일을 멈추지 않고 달렸다고 본다면 하루 평균 126km를 달린 것이다.

또 다른 기록을 보자. 이보다 수 십년 앞서 데카브리스트 발콘스키 공작의 부인 마리야가 시베리아에 유형 가 있는 남편을 만나기 위해 1826년 12월 수도 상트페테르부르크를 출발해 경유지 모스크바까지 말 썰매로 빨리 달려 닷새 만에 도착했다는 기록이 있다. 두 도시의 도로상의 거리를 현재의 도로로 약 710km라고 할 때 이는 하루에 142km씩 달렸다는 얘기다.

도스토옙스키의 기록에 대한 풀어야 할 의문 하나

여기에서 풀어야할 의문이 하나 있다. 『러시아 문학기행1』 제2부 끝부분에서 도스토옙스키가 중간 수용소가 있는 토볼스크에서 옴스크까지

3일 만에 갔다는 기록을 남겼는데 전체적인 날짜가 잘 안 맞는다는 이야기를 했다. 3일 이상이 되어야 날짜가 맞기 때문이었다.

다시 살펴본 토볼스크에서 옴스크까지 현재의 구글지도상의 거리는 610km다. 당시 1월이었으므로 말 썰매를 탔을 텐데 말 썰매로 아무리 빨리 달려도 3일 만에 갈 수 없는 거리다.(혹시라도 얼어붙은 이르티시 강 위가 평탄해서 그 위를 전속력으로 달렸다면 모르겠다.) 앞서 말한 도스토옙스키가 타고 온 죄수 말 썰매의 하루 평균 126km를 적용해도 닷새 걸린다. 보통 속도로 가면 엿새 정도 걸렸을 것이다. 그러면 의문이 해소된다.

토볼스크 중간 수용소에 1월 11일에 도착해 6일간 머문 뒤 다시 토볼스크를 출발해 6일 만에 옴스크에 도착했다고 하면 옴스크 수용소 도착 날짜가 모든 기록에 있는 것처럼 1월 23일이 돼 문제는 해결된다.

나는 도스토옙스키가 마리야와 결혼식을 올린 시베리아의 노보쿠즈네츠크에 있는 도스토옙스키 박물관에 갔을 때 해설사 카테리나 양에게 도스토옙스키가 결혼을 위해 세미팔라틴스크에서 쿠즈네츠크로 왔을 때 마차로 며칠이나 걸렸냐고 물어보았다. 세미팔라틴스크에서 쿠즈네츠크까지는 약 6백km로 알려져 있다.(현재의 구글지도로 세메이에서 노보쿠즈네츠크의 도로상 거리는 798km다.) 그녀는 2~3일 정도 걸렸을 것이라고 했다. 상식적으로 보면 최소 4~5일은 걸리는 거리다. 아마 최대한 빠른 속도로 달렸을 것이라고 카테리나는 설명했으나 그녀도 도스토옙스키가 얼마나 걸려서 왔는지에 대한 정확한 자료를 갖고 있지는 못한 듯 했다. 그런 자료가 있겠는가.

말의 속도

마차의 속도에 대한 이야기를 했는데 내친 김에 말의 속도에 대해서 알아보자. 말을 타면 얼마나 빨리 달릴 수 있을까?

보통 말을 타고 최대한 빨리 달리면 한 시간에 20km 정도 갈 수 있다고 한다. 말이 질주할 때의 최대 속도 갤롭(gallop, 우리말로는 습보라고 한다. 자동차 이름 갤로퍼도 여기서 나온 것이다.)은 시속 60~70km 가량 되지만 그 속도로 오래 달리지는 못 한다. 기껏해야 3km 정도 달릴 뿐이다. 체력 부담 때문에 갤롭으로는 3분 이상은 못 달린다는 얘기다. (*서양말은 전력질주거리가

▼ 몽골말

3km지만, 몽골말의 경우 20~30km에 이른다고 한다.)

말이 일반적으로 달리는 속도는 앞서 말한 대로 시속 20km 내외다. 이 속도를 캔터(canter, 구보)라고 한다. 과거에 전령이 타고 달리던 역참말의 속도도 시속 20km정도였을 것으로 추측한다. 역참은 시대와 나라마다 달랐지만 보통 12~40km 간격으로 설치돼 있었다.

고대 로마의 문헌에 말을 탄 전령이 하루에 가장 길게 달린 거리가 144마일이란 기록이 있다고 하는데, 이는 약 230km다. 시속 20km로 11시간 반 정도 달린 거리다. 물론 말을 역참에서 바꿔 탔을 것이다.

앞에서 이야기했지만, 달리는 마차의 속도를 대략 시속 8~10km라고 볼 때 말을 타고 달리는 속도는 일반 마차 속도의 두 배 가량 된다고 할 수 있다.

(*미국 서부시대 역마차 중에는 시간당 13km로 운행했다는 기록도 있다. 보통 6필의 말이 끌었고, 승객은 9인 혹은 12인이었다. 여러 필의 말이 끌수록 속도는 더 빨랐던 것으로 보인다.)

부록6

아들을 죽인 러시아의 황제 아버지들

러시아의 역사를 보면 잘난 아버지가 아들을 죽인다. 자기가 너무 잘났기 때문에 아들이 시원치 않아 보이는 모양이다. 조선시대에 영조가 아들 사도세자를 뒤주에 넣어 죽인 것도 비슷한 맥락이다.

아무 견제 장치도 없는 전제체제에서는 설령 자식이라고 하여도 군주에게 잘못 보이면 목숨을 보존할 수 없다. 주위에 그 자식을 변호해줄 사람도 없다. 누가 절대권력자인 황제에게 싫은 소리를 하겠는가?

이 책 제15부 [작가노트2]에서 도스토옙스키 초상화를 보기 위해 모스크바 크레티야코프 미술관에 갔던 이야기를 하면서 자신의 쇠지팡이로 황태자를 때려죽인 폭군 이반 뇌제(1530~1584)를 그린 일리야 레핀의 역사화 '이반 뇌제와 아들'을 언급했다. 그런데 그뿐만 아니다. 러시아 역사에서 가장 위대한 군주로 일컬어지는 표트르 대제(1672~1725) 역시 아들을 죽인 아버지였다. 그 때의 역사적 상황을 그린 그림을 소개하기에 앞서 작가노트에서 마저 다 하지 못한 트레티야코프 미술관의 바실리 페로프 그림 이야기를 조금 더 해야겠다.

망자의 이별

망자의 이별은 트레티야코프 미술관 17번 전시실 '트로이카' 바로 옆

▲ '망자의 이별', 바실리 페로프, 1865

에 전시되어 있는 작은 화폭의 그림이다. 이 '망자의 이별'(1865년 작) 속에서도 '트로이카'에서처럼 그 시대 러시아 민중의 짙은 슬픔이 느껴진다. '트로이카'에서 추위 속에 물통을 힘겹게 끄는 세 어린이의 모습과 오버랩이 되기도 한다. 국내 책자에는 '지상에서의 마지막 여행'등으로 번역되어 있기도 한데, '망자의 이별'이 원어에 가까운 번역이다. 이 그림은 추운 겨울날 죽은 아버지를 매장할 곳을 향해 관을 실은 허름한 말 썰매를 타고 가는 어린 남매와 어깨가 축 처진 아이들 엄마의 모습을 담은 것이다. 두 남매를 데리고 살아가야할 앞날을 생각하면서 깊은 근심 속에 남편을 매장하러 가는 엄마는 고개를 푹 숙이고 있을 뿐 앞을 쳐다 볼 여유도 없다.

상인의 집에 도착한 가정교사

페로프의 작품 '상인의 집에 도착한 가정교사'(1865년 작)도 당시의 사회 풍속도다. 돈 많은 상인의 집에 가정교사로 들어가는 가냘픈 젊은 여

▲ '상인의 집에 도착한 가정교사', 바실리 페로프, 1865

성이 거드름을 피우며 문 앞에 서있는 비싼 벨벳 가운을 입은 뚱뚱한 상인 앞에 잔뜩 주눅이 든 채 고개를 푹 숙이고 야단맞는 학생처럼 서 있다. 당시에는 몰락한 귀족의 자녀나 고학생들이 부유한 상인집 등에서 가정교사 노릇을 하는 경우가 많았다고 한다.

페로프는 사생아였다. 아버지는 귀족이었으나 작위는 물론 성도 물려받지 못했다. 공식문서에는 대부의 이름을 따서 바실리예프라는 성으로 등록되어 있다고 한다. 페로프는 글씨를 잘 썼기 때문에 미술학교 시절 그의 선생이 붙여준 별명이었다. 세월이 지나면서 이름으로 굳어졌다. '페로'는 러시아어로 펜이란 뜻이다.

그의 태생과 인생이 그러해서인지 페로프는 소외된 러시아 민중의 삶에 깊은 관심을 기울였고 그것을 그의 많은 화폭 속에 담았다. 그는 당시 예술가의 사명에 충실했던 작가였다. 1882년 48세로 생을 마쳤다.

아들을 죽인 표트르 대제

러시아의 표트르 대제는 1917년 3백년 만에 막을 내린 제정 러시아의 가장 위대한 군주로 역사가 기록하고 있는 인물이다. 그는 낙후된 러시아를 발전시키기 위해 엄청난 유럽식 개혁을 추진했고 유럽에 다가가기 위해 수도를 모스크바에서 상트페테르부르크로 옮기기까지 했다.

1703년 표트르 대제가 발트해에 면한 네바강 하구에 새로운 수도 페테르부르크를 건설하도록 명령하자 많은 세습귀족들이 반발했다. 그러나 표트르 대제는 자기가 마음먹은 일을 철회하는 인물이 아니었다. 천도를 강하게 밀어붙여 1713년 마침내 페테르부르크로 수도를 이전했다.

불만세력이 황태자 알렉세이(1690~1718)의 주위에 모여들었다. 황태자 알렉세이는 표트르 대제가 버린 첫 황후 예브도키야 로프히나와의 사이에서 태어난 아들이다.

▼ '황태자 알렉세이를 심문하는 표트르 대제'. 니콜라이 게, 1871

그는 아버지가 자기의 생모를 수도원에 유폐시킨데 대한 반감이 컸다. 그같은 반감 때문인지 알렉세이는 아버지 표트르 대제의 개혁정치에 대해서도 늘

불만을 갖고 있었다.

대제는 알렉세이가 후계자 수업을 게을리하는 것이 불만이었다. 특히 군사업무에 무관심한데 대해서는 분개하기까지 했다. 알렉세이는 아버지와 달리 신체적으로도 허약했고 명석하지도 못했다. 사치스런 면도 있었다. 표트르 대제는 알렉세이에게 "후계자가 되기 위해 노력하지 않으면 황태자의 자리를 박탈하겠다"고 으름장을 놓았다. 그러나 알렉세이는 달라지지 않았다. 오히려 자기는 건강도 좋지 않고 황제의 재목이 못되니 후계권을 거두어 달라고 아버지에게 요청한 일도 있다.

아들을 늘 못마땅해 하던 표트르 대제는 알렉세이에게 후계자 수업을 잘 받지 않으려면 차라리 수도승이 되라고 했다. 그는 속으로 아들을 수도원에 유폐시킬 생각도 하고 있었다.

알렉세이는 1716년 어느날 아버지를 피해 오스트리아로 도피했다. 아버지는 이같은 도피를 왕권찬탈음모로 여겼다.

표트르대제, 후계자를 못 정하고 죽다

대제는 추밀원 총독 톨스토이 백작을 시켜 오스트리아에 있는 알렉세이를 설득해 러시아로 데리고 오는데 성공했다. 알렉세이는 돌아오자마자 황태자 지위를 박탈당하고 감금 상태가 됐다. 아버지가 직접 아들을 심문했다. 공모자를 대라고 했고 형리들에게 알렉세이를 고문하라는 명령을 내렸다. 고문은 가죽 채찍으로 때리는 것이었다. 두세 차례에 걸쳐 가혹한 매질이 가해졌고, 알렉세이는 1718년 6월 페트로파블롭스크 요새 감옥에서 숨을 거두고 말았다.

표트르는 알렉세이가 죽기 이전부터 또다른 후계자를 생각하고 있었다. 알렉세이가 죽기 3년전인 1715년 리투아니아 농노 출신의 마르타 스카브론스카야와 결혼해 낳은 아들 표트르(*러시아에는 아버지와 이름이 같은 경우가 흔하다)가 있었다. 이 여인은 뛰어난 미모에 부드러

▲ '표트르 대제', 장마르크 나티에, 1717

운 성격의 소유자였다. 어려서 결혼한 남편이 있었으나 전쟁터에서 표트르를 만나 그의 정부(情婦)가 됐고 이름도 예카테리나로 바꿨다. 그녀는 1712년 표트르 대제와 정식으로 결혼을 하고 황후 대관식까지 했다.

알렉세이가 그처럼 비참하게 죽고 난 후 표트르 대제는 예카테리나와의 사이에 난 새 아들에게 희망을 걸었다. 하지만 후계자 문제는 그의 희망대로 되지 않았다. 알렉세이가 죽은 다음해인 1719년, 4살짜리 새 후계자도 죽고 말았던 것이다. 표트르 대제는 예카테리나와의 사이에 열명쯤 아이를 낳았는데 모두 어려서 죽고 딸 둘만 남았다. 그는 후계자를 정하

지 못한 채 죽었다. 혼돈이 계속되다가 황후 예카테리나가 차르가 되었다. 그녀는 제정러시아의 여황제 시대를 연 첫 번째 인물이 됐다.

역사화 '알렉세이 황태자를 심문하는 표트르 대제'는 니콜라이 게(1831~1894)가 1871년에 그린 작품이다. 고개를 숙이고 있는 아들 알렉세이를 쏘아보는 아버지의 눈매가 매섭다. 부자지간의 따스함은 어디에도 보이지 않는다. 정치가 뭐고 권력이 뭔지, 잘난 아버지를 만난 불행한 아들의 모습을 니콜라이 게가 사건이 난지 한 세기 반이 더 지난 후 상상력을 동원해 그린 것인데 당시의 상황을 실감있게 잘 표현해 냈다는 평을 받고 있다.

부록7

노보시비르스크 국립 오페라-발레 극장 방문

노보시비르스크의 도스토옙스키와 푸시킨의 동상을 찾아보고 귀국하던 같은 날인 2017년 10월 7일 저녁 6시, 나는 김준길 교수와 과거 방송사 시절 인연이 있었던 노보시비르스크 국립 오페라-발레 극장을 방문했다. 타치아나 기네비치 부극장장이 우리를 기다리고 있었다. 극장장은 부재중이었다.

노보시비르스크 국립 오페라-발레 극장은 내게 특별한 기억이 있는 곳이다. 나는 2007년과 2008년 두 차례 노보시비르스크 오페라 발레단

▼ 노보시비르스크 오페라 발레 극장

▲ 2008년 11월 노보시비르스크 오페라 발레 극장을 방문했을 때. 좌로부터 김세광 CBS공연기획단장, 한용길 편성국장(2021년 현재 사장), 저자 이정식 당시 CBS 사장.

의 내한 공연 교섭차 노보시비르스크에 갔었다. 두 번째인 2008년 12월 방문 때는 나와 동행했던 안지환 그랜드 오페라단 단장(신라대 교수)의 독창회가 이 극장 소연주장에서 열렸다. 그 무대에서 내가 찬조 출연을 해 아일랜드 민요 '대니 보이(Danny Boy)'와 이태리 칸초네 '물망초(Non ti scordar di me)'를 불렀다. 관객 중에는 이 극장의 오페라 가수들이 많았다.

김준길 교수는 나의 첫 노보시비르스크 방문 때부터 노보시비르스크 국립 오페라-발레 극장과의 관계를 주선하고 통역을 해 주었다. 안지환 단장과 김준길 교수와의 인연은 나보다 먼저다. 타치아나 부극장장도 그 때 만났던 분이다.

타치아나 부극장장은 우리에게 기왕에 왔으니 이날 처음 무대에 올리는 발레 <해적>을 보고 가라고 했다. 내가 한국행 비행기가 밤10시 40분이어서 어려울 것 같다고 했더니 타치아나는 그러면 1막만이라도 보고 가라고 했다. 발레 <해적>은 춤과 음악이 화려했다. 끝까지 볼 수 없는 것이 아쉬웠다.

우리는 약 1시간쯤 1막을 보고 곧바로 택시를 타고 공항으로 향했다. 시베리아 항공 카운터에서 체크인을 하고 공항로비의 커피숍에서 샌드위치로 늦은 저녁을 김 교수와 함께 했다. 옴스크 여정을 마무리 하는 날 저녁을 그처럼 가볍게 하는 것이 김 교수께는 미안한 노릇이었으나 그 시간에 공항 내에서 그것 외에는 방법이 없었다. 그리곤 김 교수와 작별하고 비행기에 올라 일요일인 8일 새벽 인천공항에 도착했다.

한국인으로서 옴스크 도스토옙스키 박물관을 방문한 사람은 많지 않다. 러시아 문학을 전공한 분들이 몇 분 있다고 들었다. 그분들은 대개 모스크바에서 비행기를 타고 옴스크로 갔다가 다시 모스크바로 돌아가는 경로를 취한 것 같다. 모스크바가 거점이 될 경우는 그게 편할 테지만 나처럼 한국에서 가는 경우는 노보시비르스크를 경유하는 것이 비교적 빠른 길이다. 나로서는 유례없이 길었던 2017년의 추석연휴와 오래 전부터 알고 지낸 노보시비르스크에 사는 동포 김준길 교수의 안내가 있었기에 가능했던 옴스크 방문이었다.

[김준길 교수]

김준길 교수는 1950년 사할린 태생이다. 노보시비르스크 국립대학에서 수학을 전공하고 이후 노보시비르스크 국립공과대학에서 수학과 교수를 했다.

그가 교수로 재직하던 때인 1985년 미하일 고르바쵸프가 소련 공산당 서기장에 오르면서 시작된 글라스노스트(glasnost, 개방), 페레스트로이카(perestroika, 개혁) 정책은 획일주의적이었던 소련의 정치, 경제, 사회, 문화 전 분야에 많은 변화를 가져왔고 동서 냉전의 종식도 이끌어냈다. 1991년에는 발트 3국의 독립을 시작으로 구 소련의 연방 체제도 해체되었다. 이같은 급격한 변화의 소용돌이 속에서 경제는 침체되었고, 인플레로 물가가 폭등하는 등 국민생활은 피폐해졌다. 김 교수는 당시 교수들은 6개월이나 급여를 받지 못해 생활이 몹시 어려웠다고 했다.

▼ 김준길 교수 내외와 막내딸 나니

김 교수는 마침내 친형의 주선으로 동시베리아의 부랴트자치공화국으로 가 외무부

관리가 되었다. 영어, 일어, 한국어를 잘 했기 때문이다. 외무부에서는 대외경제분야에서 일했고 1989년부터 1996년까지 외무부 부과장, 과장, 그리고 외무 차관을 거쳐 장관까지 지냈다. 이후 한국-러시아 문화관련 비즈니스 사업을 하던 중 나의 노보시비르스크 방문 때 첫 대면을 하게 되었다.

김준길 교수는 2015년에는 한국에 들어와 2017년 여름까지 2년간 김포대학교에서 국제교류처 처장 겸 교수로 일했다. 부인과 3남 1녀. 10대인 막내딸 나니는 노보시비르스크 국립 음악학교에서 하프를 전공하고 있다. 나니가 집에서 한국어도 배우고 있다고 김 교수는 대견해 했다. 나니는 2018년 예술의 전당에서 열린 CBS초청 노보시비르스크 오페라극장 주역 성악가들의 내한 공연에 부모를 따라 한국에 왔다가 용인민속촌도 구경하고 갔다. 김 교수는 현재도 한-러 문화교류와 관련된 일을 계속하고 있다.

부록 8

러시아문학으로 문을 연 한-러 수교

나의 러시아와의 인연

지금은 러시아지만 그때는 소련이라고 불렀다. 우리나라와 러시아 두 나라가 수교하던 해인 1990년 당시 러시아는 소비에트연방체제였다. 따라서 한국과 소련간의 수교였다. 2021년이 됐으니 한-러 수교도 벌써 31년이 된다

▼ 처음 소련 방문 때인 1989년 6월, 모스크바의 붉은 광장에서 저자

우리나라와 러시아와의 외교관계는 조선말기인 1884년 조-러수호통상조약에서 시작되었지만, 일본의 승리로 끝난 러일전쟁(1904~1905)의 와중에 파기되었다. 1904년 러일전쟁 개전 직후 일본의 강압으로 대한제국은 러시아와의 국교관계를 단절한다. 1990년 한-소 수교 당시 정부가 '실로 86년만의 양국 외교관계의 회복'이라고 발표한 이유다.

한-러 수교 한해 전인 1989년 6월, 국회 출입기자였던 나는 당시 통일민주당 김영삼 총재의 소련방문에 취재기자로 동행했다. 최초의 러시아 방문이었다. 그 이듬해 수교 직후인 1990년 12월에는 청와대 출입기자로서 노태우 대통령의 소련 방문을 동행 취재했다. 그렇게 시작된 러시아와의 인연이 드문드문 30년 이상을 이어오고 있다.

2007과 2008년에는 볼쇼이, 마린스키와 더불어 러시아 3대 오페라 발레단의 하나인 노보시비르스크 오페라 발레단의 내한 공연을 추진하기 위해 시베리아의 중심도시 노보시비르스크를 방문했었다. CBS 사장으로 재직하고 있던 때였다. 그러다가 2010년대에 들어서서 러시아 문학과 역사, 그리고 시베리아에 대한 글을 자주 쓰기 시작하면서 취재차 때때로 러시아를 드나들고 있다. 근년에 들어서 글을 쓰고 책을 내면서 러시아와의 인연이 좀 더 깊어지고 있다고 말할 수 있을 것이다.

지금 생각해 보면 1989년 야당이었던 통일민주당 김영삼 총재의 소련 방문은 수교를 앞둔 정치적 배려에서 이뤄졌던 것으로 보인다. 당시 노태우 정부는 북방정책을 강력히 추진해 오고 있었고, 이듬해인 1990년 한-소 수교가 이뤄졌으므로 야당의 협력이 필요했을 터이니 김 총재의 소련

방문에는 그러한 배경이 작용했을 것이다.

위력 떨쳤던 빨간 말보로와 스타킹

1989년 소련에 처음 갈 때는 우리나라에서 직항노선이 없었기 때문에 일본에 가서 하룻밤을 자고 일본항공편으로 모스크바로 갔다.

당시 김영삼 총재는 소련의 주요 당국자들을 만난 것과 별도로 평양에서 날아온 북한 외교의 주요 인물이었던 허담(북한 정무원 부총리 겸 외교부장 역임)과 비밀 회동을 가졌다. 사전에 협의 된 만남이었을 것이다. 김영삼 총재 일행과 취재단이 모스크바를 방문했을 때 우리 주변에 몇 번 나타났던 조선중앙통신 기자라는 사람의 모습이 생각난다. 그는 실내에서나 밖에서나 늘 선글라스를 끼고 있었다. 그런 모습이 우리에겐 조금 우

▼ 상트페테르부르크 네바강변에서 당시 통일민주당 김영삼 총재(오른쪽)와 저자. 1989년 6월.

스꽝스럽게 보이기도 했다.

모스크바로 떠나기 전 우리는 누군가로부터 빨간 말보로 담배와 국산 스타킹을 가져가면 소련 사람들이 좋아할 것이라는 귀띔을 받았다.

과연 그것들은 위력이 있었다. 빨간색 하드팩의 말보로 담배를 흔들면 지나가던 자동차들이 곧장 차를 세우고는 어디든 태워다 주었다. 말보로는 미화 2달러쯤 했던 것 같다. 달러의 위력 또한 대단했다. 달러의 공식 환율과 암달러 시세는 10배쯤 되었다. 스타킹도 선물로 그만이었다. 우리가 몇 개씩 가져간 국산 스타킹은 질이 좋아 소련 여성들에게 인기라고 했다. 우리를 안내했던 소련인 여성 가이드에게 스타킹을 듬뿍 선물하니 좋아서 입이 다물어지지 않았다.

나는 그 다음해인 1990년 가을부터 청와대를 출입하게 되었다. 바로 그해 9월 한-소 수교가 이뤄졌고, 석달 후인 1990년 12월 노태우 대통령이 우리나라 대통령으로서는 처음으로 소련을 방문하게 되어 나는 출입 기자로 대통령 전용기에 동승해 모스크바로 날아갔다.

국가원수 전용기 방문은 그야말로 모든 게 프리패스다. 입국절차고 뭐고 없이 비행기에서 내려 바로 버스로 시내 호텔로 이동했던 기억이 난다.

곤차로프의 작품 인용으로 시작된 대통령의 모스크바 대학 연설

한-소 수교 후 석 달 만에 이뤄진 노태우 대통령의 소련 방문은 사실 두 나라 간의 새로운 역사를 시작하는 서막이었다.

노태우 대통령은 도착 다음날인 12월 14일 모스크바 대학에서 <냉전의 벽을 넘어, 평화와 번영을 향하여>라는 제목의 연설을 했다. 그 내용은 그때로부터 45년 전인 1945년 미국, 영국, 소련 등 세 강대국에 의해 신탁통치 논의 대상이 되었던 나라가 이제는 소련을 돕는 입장으로 바뀌어 한국의 경제개발 경험을 소련에 이야기하는 역사적 아이러니가 담긴 연설이었다.

19세기 러시아의 저명한 문인 곤차로프(이반 알렉산드로비치 곤차로프, 1812~1891)의 글도 인용됐다. 곤차로프의 항해기록이자 견문록 『전함 팔라다』에는, 조선인들의 기질을 보고 '조선은 장차 발전 가능성이 큰 나라'라고 예상했다는 매우 흥미로운 내용이 들어있다.

▼ 이반 곤차로프

"모스크바 대학의 교수·학생 여러분.

이 대학이 낳은 문호 곤차로프는 러시아인으로서 첫 한국 견문록을 남겼습니다. 우리는 그가 한국인의 특성을 이야기하는 속에서 오늘의 만남을 예견한 지혜를 엿볼 수 있습니다.

1854년 뿌짜찐 제독을 수행하여 러시아인으로서 처음 한국 땅을 밟은 그는 길에 깊이 패인 수레바퀴 자국들을 보고 한국인이 근면하고 생활력이 강한 것을 알았으며 신기하게도 가난한 사람까지도 시를 쓸만큼 학식이 있었다고 썼습니다. 그는 이렇게 말했습니다.

'한국인들은 그들에게 질문했을 때 진실을 말한다. 그들은 그 어느 것도 기탄없이 이야기한다……. 동아시아의 다른 나라 사람이라면 이런 일은 말하지 않았을 것이다. 바로 이런 이유로 한국인들은 유럽에 무난하고 신속하게 접근할 수 있을 것이다…….'

그렇습니다.

한국이 이룬 급속한 발전의 원동력은 바로 그가 지적한 한국 국민의 높은 교육수준과 근면성 그리고 개방성이었습니다."

당시 이수정 수석이 이끌던 청와대 공보비서실에서는 연설문을 준비하면서 러시아인으로서 초기 한-러 역사에 관련이 있는 인물이 누가 있는지를 조사했다. 그러던 중 연세대에 와 있던 한 소련인 교수로부터 19세기 소련의 문호 가운데 한사람인 곤차로프가 쓴 조선에 대한 견문록이 있음을 알게 되었다. 그것은 곤차로프가 1858년에 펴낸 『전함 팔라다』 속에 있었다.

곤차로프 견문록 속의 강인하고 솔직한 조선인

곤차로프는 마침 모스크바 대학 출신이었다. 곤차로프는 1854년 러시아인으로 최초로 한국에 온 뿌짜찐 제독의 비서였다. 뿌짜찐 제독은 당시 러시아 황제의 시종 무관장이자 해군 중장이었다. 1852년 차르 니콜라

▼ '전함 팔라다' 문준일 옮김, 동북아역사재단(2014)

이 1세로부터 중국, 일본 외에 조선과도 개항교섭을 하라는 명을 받고 황제의 전권을 위임받아 상트페테르부르크를 출발하였다. 그러나 그는 어느 곳에서도 성공을 거두지 못했다. 당시 미국은 페리 제독이 일본의 개항에 성공할 무렵이었다.

뿌짜찐 제독 일행은 1854년 거문도에 상륙해 조선의 지방관리를 통해 철종에게 개항을 청원하는 글을 냈으나 답을 받지 못했다.

곤차로프는 당시 제독을 수행하며 그가 본 중국, 일본, 조선에 대해 기록했다. 『전함 팔라다』에는 조선에 관한 부분이 50여 페이지에 달한다. 그는 조선에 대해, "조선사람들은 거칠고 강하며 가난하나 생활력이 강하고 문학에 깊은 민족"이라고 기술했다.

그로부터 20 여년이 지난 후 나는 우연히 동북아역사재단이 번역 출판한 곤차로프의 『전함 팔라다』(문준일 옮김, 2014)를 읽다가 바로 그 대목을 발견하였다. 당시 청와대가 준 자료보다 구체적이다.

『전함 팔라다』 속의 해당 전문(全文)

"조선인들에게서 내가 발견한 특징이 하나 있다. 그들 나라나 도시들의 상황에 대한 질문에 그들은 정말로 이야기를 해주고, 그들이 무얼 하는지 어떤 일에 종사하는지 기꺼이 말해준다. 그들은 우리가 정박한 만의 이름을 이야기해주었고, 해안 곶, 섬들, 마을의 이름들도 알려주었다. 심지어 이곳이 지금 그들의 왕의 고향이라는 이야기도 했다. 또 알려주기를 여기서 남쪽으로 배로 하루 정도 가면 이 나라의 상품들이 모이는 큰 교역장이 있다고 했다. 우리는 그 곁을 이미 지나쳐 왔다.

"어떤 상품들인가?" 그들에게 물었다. 곡물들, 즉 밀 · 쌀 그리고 금속류로는 철·금·은 등 다른 다양한 많은 상품들이라고 했다.

심지어는 그곳에 교환을 위해 물건을 가져가도 되겠냐는 우리의 물음에도 그들은 긍정적으로 대답했다. 일본인 · 유구인 · 중국인들이 이런 것을 모두 이야기해주었을까? 결코 아니다. 보건대 조선인들은 아직 경험을 통해 배우지를 못했고, 대외적인 삶을 살아보지 못해서 자신의 정책을 만들어 내지 못한 것 같다. 아직 만들어내지 못했다면 그게 더 좋을 수도 있다. 유럽인과의 친교와 자신의 재교육으로 향하는 불가피한 발걸음을 더 빠르고 더 쉽게 뗄 수도 있을 것이다."

앞의 모스크바 대학 연설문 속에서 얼버무린 '동아시아의 다른 나라 사람들'이란 바로 일본인, 유구인, 중국인이었던 것이다.

곤차로프는 일본인, 유구인, 중국인들보다는 솔직한 조선인들에게 한층 친근감을 보였다. 여기서 유구인이란 1879년 일본에 강제 병합되기 전 독립왕국으로 유지됐던 오키나와섬과 그 일대를 영토로 했던 유구국(琉球國) 사람을 말한다. 『전함 팔라다』에서 곤차로프는 또, 조선인은 좋은 군인의 기질을 가진 민족 같다며 다음과 같이 호감을 나타낸다.

"…… 조선인들은 우리를 따라왔다. 키가 크고 건장한 민족으로 운동선수들 같았다. 거칠고 검붉은 얼굴과 손을 가졌다. 그들은 일본인들처럼 행동거지가 나약하거나, 꾸미거나 간교하지 않고, 유구인들처럼 겁이 많지도 않으며, 중국인들처럼 이해가 빠르지도 않다. 좋은 군인이 이 민족에게서 나왔을 법하다."

물론 조선인들에 대해 모든 것을 호의적으로 쓴 것은 아니지만, 곤차로프는 조선인들을 다른 민족들에 비해서는 훨씬 높게 평가하고 있다.

소련을 처음 방문한 노태우 대통령이 소련 최고의 대학인 모스크바

▼ 모스크바 대학

대학 연설에서 그처럼 곤차로프의 견문록을 인용한 것은 당시 연설문 담당 비서진의 폭 넓은 노력의 결과였다.

푸시킨의 시(詩)도 인용

이날 연설에서는 또한 양국간 관계정상화의 기쁨과 의미를 모든 소련인들이 알고 있는 푸시킨(알렉산드르 세르게예비치 푸시킨, 1799~1837)의 시 <K-에게>를 인용해 러시아어로 말함으로써 러시아 청중들의 감동을 불러일으켰다. 러시아 문화와 문학에 대한 깊은 이해를 나타냄과 함께 양국간 역사적 화해에 대해 느끼는 두 나라 국민간의 감정의 동질성을 표현했던 것이다.

"로구노프 총장, 교수, 학생 여러분,

야 뽀욺뉴 추우드노예 므그노베니에

삐레 더 므노이 야비일라시 뜨이

(나는 기적의 순간을 기억합니다. 그것은 당신이 내 앞에 나타났기 때문입니다. -푸시킨 시)

한국 국민은 우리 두 나라의 새로운 만남을 시인 푸시킨이 노래한 '기적의 순간'처럼 경이로 받아들이고 있습니다.

한-소 관계의 정상화는 우리 겨레에게 그토록 큰 고통과 비극을 가져다준 냉전체제의 종막을 뜻하는 것이기 때문입니다.

그것은 전쟁과 분단의 땅 한반도에 평화와 통일의 시대를 재촉할 것입니다. 나의 모스크바 방문은 그것을 온 세계에 알리고 있습니다."

▲ 상트페테르부르크의 푸시킨 동상

하지만 좋은 말만 나열할 수는 없다. 1950년 소련의 지원을 받은 북한군의 남침으로 발발한 6.25 전쟁과 1983년의 KAL기 격추사건 등 과거사에 대해서도 짚고 넘어가지 않을 수 없었다.

"우리 두 나라간에는 지난 시대 86년간의 단절이 있었습니다. 그것은 식민세력의 침략과 냉전체제의 대결 때문이었습니다.

(중략)

소련은 한쪽 진영을 이끄는 나라로서, 한국은 다른 한쪽의 최전선에 있는 나라로 반목·대결하는 관계가 계속되어 왔습니다.

이러한 대결구조로 거대한 소련은 작은 대한민국에게 위협을 주는 나라로 인식되었고 우리 두 나라 간에는 불행과 불상사도 있었습니다.

스탈린 시대 나라를 불바다로 만든 한국전쟁이 일어났고, 1983년에는 소련 공군기에 의해 한국의 민간여객기가 피격을 당했습니다.

이것은 냉전의 지난 시대에 빚어진 일의 단적인 예입니다.

한-소 양국은 어두웠던 지난날의 불행을 씻고, 이제 역사의 새로운 장을 열어야 합니다."

이 대목 즉 한국전쟁과 KAL기 격추사건과 관련해서 지나치게 조심스럽게 언급함으로써 '할 말을 제대로 하지 못했다'는 여론의 지적을 받기도 했다. 연설은 다음과 같이 또 한번의 러시아어로 끝을 맺었다.

"우리는 더욱 평화롭고 번영된 세계를 향하여, 모두가 행복을 누리는 저 밝은 21세기를 향하여 손잡고 나아가는 동반자가 되어야 할 것입니다.

나는 서울을 출발한 한국의 젊은이들이 고속전철을 타고 시베리아를 가로질러 모스크바의 젊은이들과 어울려 스톡홀름으로, 파리로, 이스탄불로 동반여행을 떠나는 내일이 올 것을 확신합니다.

그날을 앞당기기 위해 우리 모두 어깨를 나란히 하여 앞으로 나아갑시다.

마스끄바, 베치나야 쩨베 슬라바!

발쇼예 쓰빠시바

(모스크바여, 영광이 영원하여라! 대단히 감사합니다.)"

"모스크바여, 영광이 영원하여라"라는 이 말은 러시아의 많은 시와 소설에 등장하나 원전은 특별히 없다고 한다. 그러나 모스크바인들이 가장 듣고 싶어하는 말이라는 것이다. 대한민국의 대통령이 아직까지 결코 일본어로 인사말을 할 수 없는 국민적 정서를 생각한다면 이러한 마지막의 러시아어 인사는 그야말로 '냉전의 두꺼운 얼음'을 일거에 깨고자 하는 의미 깊은 정치적 제스처였던 것이다.

국빈만찬장에서의 통역 퇴장 사건

지금은 러시아어를 잘하는 사람이 국내에 많지만, 당시만 해도 러시아어를 하는 사람은 극소수에 불과했다. 더구나 정상회담의 통역을 할 정도의 러시아어 능력과 소련에 대한 지식을 갖춘 사람을 국내에서는 찾을 수 없었던 모양이다.

그래서 재미동포 중에서 여성 러시아 학자 한 분을 통역으로 영입했는데 이 분은 자존심이 무척 센 분이었다. 공식 만찬장에서의 통역 퇴장 사건은 노 대통령이 그 분의 자존심을 건드리는 바람에 발생한 웃지 못할 해프닝이었다.

사건은 방문 둘째 날인 12월 14일 저녁 고르바초프 대통령 내외 주최의 노태우 대통령 내외 환영 만찬 석상에서 일어났다. 나는 이날 동아일보 남찬순 기자와 함께 공식만찬의 풀 기자였다. 남 기자는 나보다 몇 년 선배다.

이날 처음 본 고르비(고르바초프의 애칭)는 중키에 땅땅한 체격이었고 붉은 얼굴에 환한 미소가 인상적이었다. 그의 부인 라이사 여사는 할머니가 되어가는 나이임에도 듣던 대로 미인이었다.

노 대통령 내외와 고르바초프 대통령 내외는 리시빙 라인에 서서 만찬에 참석하는 양국인사들과 일일이 악수를 나눈 뒤 헤드테이블로 자리를 옮겼다.

먼저 고르바초프 대통령이 자리에서 일어나 만찬환영사를 시작하였다. 그는 준비된 원고없이 아주 자연스럽게 연설을 해나갔는데 그의 한국에 대한 해박한 지식은 놀라울 정도였다. 노 대통령이 해주기를 바라는 말들을 거의 다 하는 것 같았다.

북한에서 오래 있었다는 소련인 통역의 한국어 구사도 뛰어났다. 북한식 표현과 단어가 때때로 튀어나왔지만 문제될 만한 것은 아니었다.

고르비가 원고없이 해낸 훌륭한 연설은 노 대통령을 자극했다.

노 대통령은 답사를 위해 자리에서 일어서면서 갑자기 당시 특채한 러시아어 통역 신연자 씨(여, 당시 53세) 대신 고르비의 통역에게 계속 통역해 줄 것을 부탁했다.

김옥숙 여사 뒤에 앉았다가 통역을 하기 위해 노 대통령에게 다가오던 신씨의 표정이 그 순간 당혹스러움으로 변하는 듯하였다.

노 대통령은 미리 준비한 답사를 읽지 않고 고르비처럼 즉석연설로 답사를 시작했다.

소련인 통역에게 부탁한 것은 신 씨의 통역 실력이 불안해서인 것 같았다.

나와 남 기자가 노 대통령의 답사내용을 열심히 받아적고 있는데 누군가 만찬장을 나가는 발소리가 들렸다. 나는 고개를 숙이고 받아 적느라고 나가는 사람이 누구인지 확인하지 못했다.

공식 통역을 급히 바꾸다

고르바초프의 만찬사와 노 대통령의 답사가 끝난 후 기자들은 먼저

▲ 상트페테르부르크의 마린스키 오페라-발레 극장

만찬장을 나왔다. 만찬사까지만 취재하도록 돼 있었기 때문이다.

맡겨놓은 코트를 입고 1층 통로를 통해 밖으로 나와 막 승용차를 타려는데, 조금 떨어진 만찬장 건물 현관 앞에서 남녀가 실랑이를 벌이는 모습이 보였다.

다가가보니 신연자 씨를 경호관 한 사람이 달래고 있었다.

신 씨는 화를 내며 "돌아갈 차를 내놓으라"고 했고 경호관은 신 씨의 팔을 잡아끌며 "이러시면 곤란하다"고 설득하는 중이었다.

신 씨는 만찬장에서 자신이 무시당해 화가 난 모양이었다. 경호관은 신 씨를 잡아끌다시피 해 건물 안으로 다시 데리고 들어갔다.

이러한 해프닝이 있은 후 이튿날부터 통역은 재소동포 유학구 씨로 바뀌었다. 유씨는 1989년 6월 김영삼 민주당 총재의 소련방문때에도 통역을 했던 소련과학아카데미 산하 세계경제와 국제관계연구소(IMEMO) 소속의 노(老)학자이다.

우리는 만찬장에서의 그 해프닝을 짤막하게 기사화했고, 그 풀 기사는 즉각적으로 파문을 불러일으켰다. 그 기사는 밋밋하고 재미없던 노태우 대통령의 소련 방문기사 중 유독 관심을 끈 것이었는지 모른다. 대부분의 신문에서 눈에 띄게 크고 작은 제목으로 그 기사를 취급했다. 신 씨는 그뒤 잠시 몸담았던 외무부를 떠났다.

신 씨는 대통령의 방소를 위해 우리 외무부에서 급히 특채한 재미교포다. 신 씨는 러시아문학박사로 미국 샌프란시스코에서 미국 이민교포들을 위해 기술교육과 일자리를 알선하는 한인인력개발원 원장으로 있다가 주소(駐蘇) 한국대사관의 2급 참사관으로 특채돼 대통령의 통역을 맡게 됐었다.

그녀는 1956년 경기여고를 졸업하고 도미, 버클리대에서 러시아문학을 전공했고 1968년 예일대에서 러시아문학 박사학위를 받았다. 그녀는 1986년 『소련의 고려사람들』이란 저서도 낸 바 있다. 그녀는 조국을 위해 잠시 외교관으로 변신하였다가 정상외교석상에서 드러낸 지나친 자존심이 문제가 돼 도중하차했다.

실은 도착 첫날 교민 만찬장에서부터 통역에 다소 문제가 있다는 교민들의 지적이 있었다. 통역이 좀 서툴다는 이야기였다. 교민들 중 몇 사람이 기자들에게 그 애기를 해주었다. 어학실력과 전문적인 통역은 다른 것으로서 통역을 전문적으로 해오지 않았다면 그럴 만도 한 것이었다.

신 씨는 까다로운 아줌마 같은 첫 인상을 주었지만, 학벌도 좋았고 소련에 관한 한 한국인으로서는 인재였다. 하지만 통역을 하기에 적절한 인물은 아니었다. 학자로서 러시아어를 구사하는 것과 통역은 별개의 문제이기 때문이다.

만찬장 퇴장의 변(辨)

외무부를 떠나 미국으로 돌아간 신씨는 그후 1991년 봄, 모일간지에 자신의 입장을 밝히는 다음과 같은 요지의 글을 실었다.

"……모스크바로 떠나기 하루 전에야 회담준비자료라며 건네주는 한 뭉치의 서류를 받았으며 정상회담 통역을 맡게 되었다고 관계자가 알려 주었다. 노어노문학 박사학위를 취득했고 대학에서 노어교수를 한 경험은 있어도 통역관의 경험이 전혀 없는 사람에게 정상회담의 통역을 전부 맡기는 우리나라의 실정에 의아했었다. 통역관이 되고자 외무부 임용에 응했던 것은 전혀 아니었더라도 역사적인 정상회담에 참여하여 도움이 될 수 있다면 최선을 다해 노력하려 했다.

그날 저녁 만찬장에서 노 대통령과 고르바초프 대통령의 행사일정은 '통역불요'로 되어 있었다. 만찬장에 도착하니 한 소련관리가 좌석 도표를 보이면서 한국측 요청에 따라 나에게는 통역담당으로 만찬좌석이 배정되어 있지 않다는 설명을 해주었다. 나로서는 뜻밖의 일이어서 청와대 수행요원들에게 나의 불참의향을 전하고 접견실에서 나와 궁밖으로 나가려 했으나 뒤쫓아온 몇 사람의 만류로 어쩔 수 없이 만찬장에 끌려들어갔다.

계획대로 하자면, 노 대통령은 준비된 우리말 연설문을 읽게 되어 있었는데 고르바초프 대통령의 즉흥연설방식을 따르자고 해서인지 계획을 바꾸어 소련측 통역관에게 통역을 계속하도록 했다.

동행하고 있는 한국측 통역을 제쳐놓고 북한에서 30년을 지냈고 정상회담을 위해 평양으로부터 막 도착했다는 소련정부 공무원에게 통역을 부탁하려는 그 순간, 나는…… 노 대통령의 결정에 또 한번의 쇼크를 받고, 그러한 상황이라면 계속해서 그 자리에 있어야 할 의무에 환멸을 느껴 또 다시 만찬장에서 퇴장할 수밖에 없었던 것이다."

▼ 모스크바 역사박물관

낯설고 불편했던 그때의 소련

당시 소련은 모두에게 낯설고 불편했다. 통역 문제 또한 그래서 빚어진 일이다. 신씨의 심정을 이해 못할 바는 아니지만 정상외교의 현장에서 자리를 박차고 나오는 그런 행동은 지금 생각해도 지나쳤다고 할 수 밖에 없다.

나와 남찬순 기자가 그 자리에 풀 기자로 가지 않고 내가 신씨가 경호관과 실랑이를 벌이는 장면을 다가가 확인하지 않았더라면 그 기사는 안 나왔을 것이다. 우리가 그 기사를 쓰기로 결정했을 때 출입 기자들 중에는 한국 대통령의 첫 소련 방문인데 그런 해프닝을 굳이 기사로 쓸 필요가 있겠냐고 부정적인 입장을 나타내는 사람도 있었다. 당시 그런 류의 기사는 대통령의 역사적인 외국방문에 흠이 될 수도 있다고 여겨지는 분위기였다.

어쨌든 이 해프닝은 우리나라가 외교의 가장 중요한 요소인 언어문제에 대해 얼마나 대비를 소홀히 해왔는지를 단적으로 보여준 사건이었다.

그 뒤 1992년 6월, 신씨가 고르바초프 전 소련대통령과 악수하는 사진이 어느 주간지에 실렸다. 샌프란시스코에서 열린 고르바초프 재단을 위한 기금 마련 행사에 참석해 주빈석에 고르바초프 전 대통령과 자리를 같이 했다는 사진설명이었다.

고르바초프 전 대통령은 이 자리에서 신씨에게 '한국에 다시 한번 가보고 싶다'고 말했으며 미국의 한인사회에 대해 각별한 관심을 표시했다고 한다. 고르바초프 대통령은 노태우 대통령의 러시아 방문에 대한 답방으로 이듬해인 1991년 4월 한국을 방문한 후 그해 12월 대통령 자리에서 물러났다.

고단했던 라면여행의 추억

노 대통령의 소련방문은 1990년 12월 13일부터 17일까지 4박5일의 일정이었으나 시차관계로 소련에서의 실제일정은 3박 4일밖에 되지 않았다.

모스크바에서 이틀을 보내고 레닌그라드(지금의 상트페테르부르크)에서 하루 잔 뒤 귀국길에 올랐는데, 빡빡한 일정 때문에 잠은 두세 시간 정도 자는 둥 마는 둥 식사도 하는 둥 마는 둥 참으로 고단한 여행이었다.

방송의 경우 대부분 사정이 비슷하였는데, 서울과 모스크바의 시차가 6시간이어서 가령 생방송으로 참여하는 오전 8시 30분의 아침방송 시간은 모스크바 시간으로 새벽 2시 30분이 된다. 그러니 방송이 끝나면 새벽 세시, 다음날 일정 등을 녹음해놓고 나면 새벽 4시 또는 5시다. 호텔방도 구질구질했지만 잠자기는 아예 포기한 상태였다.

게다가 소련은 다른 나라에서처럼 햄버거나 샌드위치를 호텔에 주문해 임시 프레스센터에 갖다놓을 만한 형편도 못 되었다. 호텔은 컸지만 간식을 주문받아 만들어 제공한다거나 하는 기본적인 체제가 안되어 있기 때문이었다. 1985년 고르바초프 등장 이후 개혁-개방정책(페레스트로이카-글라스노스트)을 추진 중이었으나 사회 각 부분의 시스템은 여전히 낙후된 과거의 수준에 머물러있었다.

정신없이 바쁜 풀 취재와 기사송고 때문에 기자들 대부분은 모스크바에서의 여섯 끼를 거의 한국에서 가져온 라면으로 때웠다. 물 문제도 서울에서 공수한 대한항공의 제주생수로 해결하였다. 대부분의 기자들은 우리가 묵은 러시아호텔 안에 식당이 어디 붙어 있는지도 모르고 이 호텔을 떠났다.

러시아 호텔은 바로 크렘린 광장 옆에 위치하고 있는데, 나의 경우 한 해 전 김영삼 총재와의 첫 소련 방문 때 크렘린 광장에 가보았기에 망정이지 그때 못 가보았더라면, 크렘린 광장은 오랫동안 상상 속에서만 맴돌았을 가능성이 있다. 취재를 위해 대기해 놓은 차를 타고 몇 차례 급하게 외부로 이동한 외에는 호텔 밖을 둘러볼 시간이 전혀 없었다. 우리들은 이 고단한 소련여행을 '라면여행'이라고 부르기도 했다.

소련방문 때 나는 동아일보의 남찬순 기자와 줄곧 풀조를 함께하게

▼상트페테르부르크 궁전광장

되었는데, 우연히도 3일 연속 저녁 스케줄이 우리 차례가 되었다. 첫날은 노 대통령이 옥차브르스카야 호텔에서 우리 교민들을 위해 베푼 교민 만찬회요, 둘째 날은 레닌힐 공식연회장에서 고르바초프 대통령 내외가 노 대통령 내외를 위해 연 국빈만찬이었으며, 셋째 날은 레닌그라드에서 소브차크 시장 내외와 함께한 키로프 극장에서의 발레 <백조의 호수>(차이코프스키 작)관람이었다. 키로프 극장은 소련 해체 후 다시 원래 이름인 마린스키 극장으로 극장명이 바뀌었다.

알수록 흥미로운 러시아

2017년 『시베리아 문학기행』이란 제목의 책을 내놓은 이후 이따금씩 러시아와 관련한 원고 청탁 또는 강연 요청이 오곤 한다. 근년에 내가 일했던 서울문화사에서도 수년간 '우먼센스 인문강좌'의 하나로 러시아 문학예술에 대한 강좌를 개설했었다. 내가 직접 러시아 문학기행 또는 시베리아 여행의 강사가 되기도 했고 러시아 문학 전공 유명 교수들을 강사로 모시기도 했다.

러시아 문학 전공 교수들과 이야기 중에 내가 1989년에 러시아에 처음 갔다는 이야기를 하면 다들 놀란다. 그때는 수교 전인데 어떻게 갔느냐고 묻는다. 그러면 내가 "취재기자로 처음엔 야당이었던 김영삼 총재의 방문에 동행했었고, 1990년 수교 직후에는 청와대 출입기자로 노태우 대통령의 첫 소련방문 때 간 것"이라고 대답한다.

그러니 단순히 러시아와의 인연의 연차로만 보면 나보다 앞선 이를 만나기 어려웠다. 그런 것이 무슨 자랑거리는 아니지만, 러시아에 대한 글을 쓰고 러시아에 대한 강연 등을 하려니 가끔 남들이 잘 알지 못하는 한-러 수교 초기의 이야기를 할 때가 있다. 당시 소련의 모습을 궁금해 하는 이들도 물론 있다.

지금은 30년 전 그 때와 너무나 달라졌다. 당시엔 거리에 상점도 식당도 잘 보이지 않았다. 실패한 사회주의 체제 말기의 피폐한 모습이었다. 모스크바에서 레닌그라드로 이동한 후 시내 백화점에 한번 가봤는데, 상품들이 조악해서 기념품이고 뭐고 살만한 것이 없었다. 볼셰비키 혁명(1917년)은 성공했지만, 사회주의는 러시아 인민을 자유롭게 만들지도 러시아를 번영으로 이끌지도 못했다. 사회주의를 버린 지금의 러시아는 훨씬 자유롭고 생기있는 나라가 됐다.

[*이 원고는 2018년 11월 '대한언론인회'에서 발행한 『취재현장의 목격자들』이란 책자에 <모스크바에서 본 30년 전 한-소 수교의 일화들>이란 제목으로 쓴 글을 재정리한 것이다.]

후기

나는 당초『러시아 문학기행』1권과 2권을 함께 출간하려고 했다. 2020년 4월 경 러시아를 한 차례 더 다녀온 후 2권을 마무리 지으려고 계획을 했었다.

그런데 2020년 초부터 시작된 코로나19 사태로 하늘길이 막히면서 계획이 틀어지고 말았다. 이번엔 스타라야루사를 좀 여유있게 다시 돌아보고, 상트페테르부르크의『죄와 벌』관련 구역도 찬찬히 다시 살펴본 후, 그곳의 러시아 미술관과 모스크바의 푸시킨 미술관에도 가 보려고 했다. 또 푸시킨, 도스토옙스키, 톨스토이 초상화와 러시아의 최고 미술품들이 전시되어 있는 트레티야코프 미술관과 톨스토이 하모브니키 저택도 다시 방문할 생각이었다.

2020년 하반기에는 코로나 사태가 풀리려나 했는데, 상황은 나아지지 않았다. 그래서 아쉬운 대로 너무 늦지 않게 2권을 출간하기로 했다. 1권 출간 후 반년만이다.

『러시아 문학기행2』에서는 도스토옙스키의 유형생활의 수기인『죽음의 집의 기록』과 관련된 내용들을 맨 앞에서 설명했다. 1862년 출간된『죽음의 집의 기록』은『죄와 벌』(1867) 등 도스토옙스키의 그 후의 작품들을 읽기 전에 반드시 읽어야 할 작품이므로 내 나름대로 중요한 포인트들을 정리한 것이다.

그가 사형장에서 다시 받은 생명을 귀중히 여기면서 시베리아 수용소에서 건강하게 출소하기 위해 얼마나 부단한 노력을 기울였는가 하는 것을 보면, 인간의 의지가 사람을 어떻게 변화시키는지를 알 수 있게 한다. 그에게는 생에 대한 분명한 목표가 있었다. 노역을 나가 처음엔 벽돌을 25kg 밖에 지지 못했는데, 나중엔 거의 두 배인 48kg까지 운반하게 되었다고 기뻐하는 장면을 보면 가슴 찡한 감동이 느껴진다.

이 책 제12부 [작가노트2]에서 이야기했지만, 2차 대전 때 죽음의 유태인 수용소에서 기적적으로 살아남은 저명한 유태계 정신의학자 빅터 프랭클 박사는 인간에 있어서 필요한 것은 '어떻게 사느냐' 하는 것보다 '무엇 때문에 사느냐' 하는 대답이 문제라고 했다. 도스토옙스키에게는 '무엇 때문에'가 가슴 속에 있었기 때문에 그가 정의한 '죽음의 집'에서 강건한 몸으로 나올 수 있었다.

그의 마지막 작품이 된 『카라마조프 씨네 형제들』에서는 그의 인생관과 종교관을 총체적으로 느낄 수 있다. 도스토옙스키 사후에까지 펼쳐진 두 번째 아내 안나의 활약 또한 매우 인상적이다. 도스토옙스키의 일생을 통해 벌어진 갖가지 일들을 우리는 한 인간의 파란만장한 인생드라마로 관람하지만 또 그것을 통해 많은 교훈을 얻게 된다.

그는 『카라마조프 씨네 형제들』에서 천국과 지옥은 모두 자신의 마음속에 있으며, '지옥이란 더 이상 사랑할 수 없는 고통이며 만족할 줄 모르는 자만'이라고 했다. 그러면서 지옥은 자발적인 선택에 의한 것이라는 말도 덧붙인다.

우리 사회의 -특히 정치권에 많지만- 잘난 체하고 말 함부로 하고 말과 행동이 다른 많은 위선자들을 보면, 문득 도스토옙스키의 지옥이 떠오른다.

톨스토이, 체호프, 푸시킨, 파스테르나크의 작품 집필의 현장 등을 찾아보는 내용의 '러시아 문학기행 Q &A'는 장차 러시아 문학기행을 계획하는 분들에게 도움이 됐으면 하여 부록으로 실었다.

"왜 도스토옙스키를 쓰게 되었는가?"라고 누가 내게 물어보면 나는 "그에게서 무언가 배울 것이 있기 때문…"이라고 대답한다.

보고 배울 것이 많은 사람을 만나면 기쁘다. 독자들이 이 책의 도스토옙스키를 통해 그런 느낌을 갖게 된다면 필자가 도스토옙스키를 쓴 큰 보람이라고 생각한다.

『러시아 문학기행3』은 '톨스토이와 카프카스'를 주제로 한 기행으로 이어진다.

2021년 1월

이정식